PARIS

DU MÊME AUTEUR AUX ÉDITIONS SEGHERS

Érotiques, 2012 ; rééd. 2022.

E. E. CUMMINGS
PARIS

ANTHOLOGIE – ÉDITION BILINGUE

Traduit de l'anglais et présenté
par Jacques Demarcq

ÉDITIONS
SEGHERS

ISBN : 978-2-232-14718-0

Préface
par Jacques Demarcq

Le miracle Paris

E. E. Cummings (1894-1962) est le poète d'un à-présent qui bouge et change en permanence. Plus qu'ils ne disent, ses poèmes accomplissent en phrases, rythmes, mots et parfois lettres, ce qui vit dans son esprit et son corps, et ce qu'il ressent du monde et des êtres autour de lui. Paris est « une ville fondée sur la Vie », écrit-il (texte 1), « partout je sentais la miraculeuse présence [...] d'êtres vivants » (2).
Au début des années 1920, il y séjourne longuement avant d'y revenir chaque fois qu'il le peut, de préférence au printemps, saison du renouveau. Une quarantaine de textes, prose ou vers, ont pour cadre Paris. S'y rencontrent, loin du pittoresque touristique, ses sujets favoris : des scènes publiques ou intimes, jamais tout à fait séparées de l'amour, les cycles naturels du jour et des saisons, l'atmosphère sociale et politique, l'art et les spectacles.
Le Paris de Cummings offre une introduction à son approche de la vie comme à la diversité de ses écritures. Paris a été une alternative à tout ce qu'il déteste aux États-Unis : l'importance accordée à l'argent (7), au luxe qu'il procure (1) et aux distinctions sociales et culturelles qui en résultent. Paris ne le déçoit, rarement, que lorsqu'il cède à des accès de violence sectaire (39), ou quand des hommes d'affaires américains « discutent "monnaies" », indifférents à la beauté de la lumière (28).

Premier contact : une escapade

Le 6 avril 1917, les États-Unis entrent en guerre. Pour échapper à la mobilisation, Cummings se porte volontaire auprès du Norton-Harjes Ambulance Service. Diplômé de Harvard en 1916, à New York depuis peu, il a 22 ans ; il écrit et il peint. Son père pasteur, après avoir enseigné les sciences politiques à Harvard, dirige la World Peace Foundation. Recruté, Cummings embarque le 28 avril. Au cours de la traversée, il sympathise avec Slater Brown, 20 ans, comme lui passionné d'art et de littérature. À Bordeaux le 9 mai, tous deux prennent le train pour Paris, mais descendent gare d'Orsay, au lieu d'Austerlitz où étaient attendus les volontaires. Enregistrés en retard au siège de Norton-Harjes, ils sont, pour leur bonheur, oubliés pendant cinq semaines.

Ils arpentent la ville, évitant tout ce qui parle anglais. Ils visitent Notre-Dame, le Louvre, le musée du Luxembourg où sont alors exposés les impressionnistes. Au théâtre du Châtelet, ils voient *Petrouchka* de Stravinsky par les Ballets russes et assistent à la première mouvementée de *Parade* de Satie, Cocteau et Picasso par la même troupe. Cummings dessine des passants, des enfants dans les parcs. Sur les Grands Boulevards, les deux amis lient connaissance avec deux jeunes prostituées, Mimi et Marie-Louise (29). Ils les emmènent au restaurant, au bal Tabarin près de Pigalle (30).

Le 12 juin, ils rejoignent la section sanitaire 21 au sud de Saint-Quentin. Le secteur est plutôt calme après de violents combats et des mutineries au printemps. Confinés au nettoyage des ambulances, en butte aux vexations de leurs chefs, ils s'ennuient, fraternisent avec les poilus, et Brown écrit des lettres sur le mauvais moral des troupes. La censure veille, bien sûr. Ils sont arrêtés par la gendarmerie le 23 septembre.

La suite, Cummings la racontera dans *The Enormous Room*[1]. On l'interroge : « – C'est que vous détestez les Boches ? [...] La question était de pure forme. Pour sortir libre de cette salle, je n'avais qu'à dire oui. [...] Avec soin, je façonnai ma réponse : – Non. C'est que j'aime beaucoup les Français. » Le voilà conduit au « Dépôt de triage » de La Ferté-Macé (Orne), où il retrouve Brown. Les lieux, un ancien séminaire, sont sordides ; y sont cloîtrés sans jugement des marginaux, étrangers de préférence, paumés dans le conflit. Beaucoup se révèlent de « Délicieuses Montagnes », malgré leur misère et leur inculture. En leur compagnie, Cummings renforce sa méfiance à l'égard des valeurs communément admises – ce qui lui rendra Paris d'autant plus attachant.
Il y passe brièvement, lorsqu'il est libéré grâce à l'intervention de son père auprès du gouvernement américain. Le 20 décembre 1917, il cherche Marie-Louise : elle est malade, à l'hôpital. Il passe la nuit avec Berthe, serveuse dans un restaurant marocain du faubourg Montmartre (31). Avec la distance, le souvenir associera la mort, et un crucifix sous une pelisse de poilu, à un corps prostitué aussi laid que la guerre (32).

Le Paris d'après Dada

Au début de 1921, Elaine, sa maîtresse depuis 1918 – qui en décembre 1919 lui a donné une fille, Nancy – projette de se rendre à Paris pour divorcer de Scofield Thayer, resté l'ami fidèle de l'amant d'une épouse délaissée et son éditeur dans le magazine d'avant-garde *The Dial*. John Dos Passos, autre ami depuis Harvard, piaffe de retourner en Europe. Cummings aussi. Riche des mille dollars que lui a donnés son père pour avoir écrit *The Enormous Room*, il échappera en outre au contrôle que lui vaut

1. *L'Énorme Chambrée*, trad. D. Jon Grossman, Christian Bourgois, « Titre », 2006.

cette générosité. Le 15 mars, Dos et lui embarquent sur un cargo à destination de Lisbonne. Ils passent du Portugal en Andalousie, puis à Madrid et au Pays basque. À Saint-Jean-de-Luz, le 10 mai, Cummings saute dans le premier train pour Paris, où l'accueille une pluie printanière et, sur le cours de Vincennes, la Foire aux pains d'épice (36). Il va résider au quartier Latin presque trois ans, jusqu'à la fin de 1923.

Capitale mondiale des arts, Paris voit alors affluer quantité de jeunes écrivains et artistes américains. Y vivent Gertrude Stein, Hemingway, Ezra Pound (correspondant du *Dial*) et Joyce – dont *Ulysses*, censuré aux États-Unis, sera publié en 1922 par la librairie de Sylvia Beach, Shakespeare and C°. Le 15 mai 1921, quatre jours après l'arrivée de Cummings, se tient le procès Barrès, mais en février 1922, les manifestations dada prennent fin avec l'échec du congrès « pour la détermination des directives et la défense de l'esprit moderne », qui consomme la rupture entre Breton et Tzara. Dada ne pouvait « participer à la codification systématique de son manque de système », expliquera Tzara – une position qu'aurait pu adopter le peu théoricien Cummings. Dada se poursuivant l'aurait amusé : il écrit le regretter, à l'instar de la Grèce antique (17), celle peut-être qu'évoque *Ulysses*, qu'il s'empresse de lire avec attention. Reste qu'à Paris, comme à New York, son individualisme le tient à l'écart des groupes ; il se contente de publier dans *The Dial* et dans les petites revues américaines *Broom* et *Secession* qui y sont conçues. Il évite les cafés de Montparnasse fréquentés par ses compatriotes argentés (1, 19), préférant La Reine blanche, « face à cluny », où il se sent « plus que vivant » (11). Présenté par Scofield Thayer à Ezra Pound dès juillet 1921, il néglige d'aller revoir cet orchestrateur des lettres anglo-américaines, dont il admire pourtant les poèmes.

« Cette ville excessivement exquise »

Loin de la prohibition qui sévit « là-bas » (17), il apprécie le côté bon vivant et insoucieux des Parisiens (2, 36, 37), non encore touchés par le progrès synonyme d'américanisation (1, 8). Nombreux sont les textes qui valorisent des survivances du passé : des joueurs d'orgue de barbarie (10, 17), une marchande de ballons (21), un montreur d'animaux (5), une charrette tirée par un cheval (10), des immeubles pauvres (10, 13, 15), des fêtes foraines et de vieux manèges (18, 26, 36), un allumeur de réverbères (6). Les rues du vieux Paris « rajeunissent » (4) au contact de phénomènes intemporels comme la pluie, ce « Quelqu'un qui se sert des toits » (3), ou un crépuscule féminisé, « portant coquette aux yeux les dangereuses premières étoiles » (4).

Notre-Dame est l'emblème vivant de ce Paris qu'il voudrait éternel. Elle assiste impassible aux « idioties de ce monde » (1) dont se nourrit la presse (17). Elle a des « doigts fiers », des « bras », et comme le poète elle est sensible à cette « chose fragile et frétillante » qu'est une souris (5). L'amour étant lui-même un mystère, « la cathédrale frissonne » au début d'une scène érotique, ses tours entrevues depuis l'étage élevé d'un hôtel miteux de la rue du Sommerard, près de Cluny, où il loge en 1921 (6).

De 1922 à 1924, il s'installe rue Saint-André-des-Arts au Havane, autre « galetas » (23), celui peut-être dont il énumérera avec humour les occupants (13). Il y dispose d'une chambre assez grande pour pouvoir écrire, peindre ou dessiner, deux pratiques pour lui indissociables. Davantage sans doute que les milieux littéraires, il fréquente les galeries d'art moderne qui se situent alors autour des Champs-Élysées. Chez les cubistes et les fauves, c'est encore la ville qu'il ressent avec ses rues, ses rythmes, ses oiseaux qui « ronronnent » (20). Les toiles de Picasso résonnent de « poumons grogneurs », « stridents cadeaux », où « de

solides cris chuchotent », « émondés de toute joliesse » (22). Lui dessine le Marché aux fleurs, les bords de Seine, et des anciens combattants.

Elaine, lorsqu'elle est à Paris, descend dans des palaces près de l'Étoile ou rue de Rivoli, accompagnée d'une nurse pour sa fille. Lui n'a que mépris pour le gratin ennuyeux qu'elle fréquente (23). Il préfère l'attendre au bas des Champs-Élysées (21) pour des promenades en amoureux, des soirées au cirque ou au music-hall, des dîners dans des bistrots du quartier Latin – où il arrive qu'un « Vieillard portant des fleurs » soit une allégorie de la Vie (12). De temps à autre, il joue avec Nancy, et lorsqu'elle a trois ans, en 1923, l'emmène aux chevaux de bois des Champs-Élysées (26).

« Les communistes ont de beaux yeux »

L'Étoile est aussi le cadre d'événements symboliques auxquels il ne pouvait qu'être sensible. Par provocation, il aime à l'époque se déclarer un admirateur de l'URSS dans des lettres à son père, pasteur de la bonne société bostonienne. Mais c'est davantage son esprit libertaire qui le fait s'intéresser à la manifestation que le PCF organise le 27 octobre 1923 pour protester contre l'exécution prochaine de deux anarchistes accusés d'avoir assassiné le chef du gouvernement espagnol, qui avait fait tirer sur des grévistes. Le lieu est inhabituel : place de l'Étoile, l'ambassade d'Espagne se situant alors avenue Kléber.

Détestant toute forme d'uniformisation, il note que « les flics » sont « très rantanplan rassurément pareils », alors que les communistes sont « tous différents » (24). Qu'une répression s'abatte sur eux, leurs yeux deviennent « (très)beaux », comme étaient de « Délicieuses Montagnes » ses compagnons d'infortune à La Ferté-Macé en 1917. La proximité de la tombe du

« célèbre soldat sans nom » (25) sous l'Arc de triomphe rehaussait la manifestation d'une couleur pacifiste qui ne pouvait que lui plaire.
Le président du Conseil, Raymond Poincaré, avait fait occuper la Ruhr en janvier 1923 au nom d'un traité de « Paixpaixpaix » (25) qui prévoyait des réparations financières que l'Allemagne affamée ne « paie » pas. Le 11 novembre, quinze jours après la manifestation communiste, est inaugurée cette « flamme qu'onn'éteindrajamais », conçue « avec le souci de ne pas nuire à la perspective ». La citation finale de la Genèse insinue où se trouvent « les bêtes » : aux « champs »-Élysées !
Retrouvant les discours creux de politiciens, le cérémonial patriotique et la violence policière des États-Unis, Cummings préfère en rire, suggérant que tout ça n'a guère d'importance pour les Parisiens, puisque le monument ne « racole [que] quelques modérément curieux » (25), ou qu'il suffit, lors de la manifestation communiste, de taper sur l'épaule des badauds pour les disperser (24). Assistant en 1931 aux funérailles du maréchal Joffre, il notera une semblable désinvolture du public qui est aussi la sienne face à la politique et à l'histoire (27).

Elaine ou la disparition

Rappelé par Elaine, il rentre à New York fin décembre 1923. Le couple vacille : « nos rêves à présent repliés », avoue un sonnet (26). Pourtant, le 19 mars 1924 ils se marient, et Cummings reconnaît sa fille, Nancy. Mais les époux continuent à vivre séparément : elle, dans un luxueux appartement ; lui, dans un modeste studio. Fin mars, Elaine est affectée par la mort brutale de sa sœur. Il ne réagit pas, peignant, écrivant, voyant ses amis. En mai, elle part en Europe régler l'héritage. Sur le bateau, elle rencontre un homme

d'affaires plus sérieux et attentif que son bohème de mari. En juin, elle demande le divorce.
Cummings revient à Paris à l'automne 1924 pour voir sa fille, tenter de recoller les morceaux et finalement divorcer. Deux autoportraits le montrent errant sur « les boulevards » telle « une fragile imitation de (peut-être)moi » (33), ou n'étant plus « Personne » (34). Même « cette ville excessivement exquise » – à la pluie (détachée dans un monostiche, 33) aussi présente qu'aux moments de bonheur (3, 4, 10, 26, 36) – peut se montrer ironique : « me fixant bien en face une petite rose jaune morte » (34). Sans amour, il s'applique le même regard critique qu'à la société ou la politique.
Quelques années après, c'est une possible Elaine ou son souvenir qui interroge « avec un sourire » celui qu'elle aurait aimé qu'il soit, mais qu'il n'est pas devenu : ni mort ni gagnant sa vie comme n'importe quel Jones ou Smith. Troublé par la question, le poème (14) perd ses rimes avant de répondre avec ironie au Dragon par le Léviathan, ce monstre du chaos marin sur lequel les conformistes ignorent qu'ils voguent.

Joséphine et la boxe

En 1926 et 1927, Cummings revient à Paris pour des visites printanières avec sa nouvelle compagne, Anne, le contraire d'Elaine : une jeune femme d'origine modeste, aussi délurée qu'instable. Pour surmonter son mal-être, il développe sa veine burlesque, notamment dans les chroniques qu'il tient pour le magazine *Vanity Fair*. Celle consacrée à Joséphine Baker (35) suggère que la danseuse n'a pu s'épanouir qu'à Paris, même si des bourgeois sont scandalisés. Le spectacle, ô combien vivant, échappe aux catégories : « une Chose mystérieusement immortelle, tout aussi non primitive qu'incivilisée » ; et il n'obéit qu'aux « lois irrévocables

de la juxtaposition et du contraste », comme le fait la pièce *Him* que Cummings est en train d'écrire.

Les deux personnages principaux, parmi une cinquantaine, sont un écrivain et sa maîtresse, chacun à la recherche de soi. S'ensuit une série de scènes en tout genre : comique, fantastique, parodique, allégorique, onirique, lyrique, dramatique. Dans l'une (8), deux Américaines dans un restaurant des Halles (Au Père tranquille, rue Pierre Lescot) affichent leur totale incompréhension de Paris avec l'assurance que confère l'argent. Leur dialogue confirme la satire du touriste qu'il publie au même moment dans *Vanity Fair* (1).

Ayant finalement épousé Anne, il l'emmène à Paris pour préserver leur union. De mai 1929 à juillet 1931, ils y séjournent régulièrement : dans des hôtels bon marché jusque fin 1930, puis dans un deux pièces loué rue du Cotentin, dans le 14e. Ils retournent chaque été à Joy Farm, la maison de vacances du New Hampshire que sa mère vient d'offrir à Cummings.

Amateur de boxe, il assiste au cirque d'Hiver, le 15 avril 1931, à une démonstration du champion poids coq Al Brown – au profit de l'expédition Dakar-Djibouti, dont Michel Leiris rapportera *L'Afrique fantôme*. Le champion de France Roger Simendé est mis K.-O. dès le troisième round. Du bref spectacle, Cummings tire un poème tableau (38). En équilibre instable, le texte a la tête qui penche en avant, torse en arrière, tandis que deux vers plus longs détachent de sa silhouette un bras, « pro(pré)mène(ci) sa(sé)dy(ment)na(/ mite) », puis l'autre, « sinc fouetteAlerte-flotteCor ». Le texte emprunte au procédé cubiste du collage, mais opère à l'échelle du lexique ce qu'Apollinaire effectuait avec des phrases dans « Lundi rue Christine ». Le début coupe et entrelace les mots en un ballet « Cor/rupteur », la rupture décochant le crochet fatal. S'entremêlent alors des commentaires en français du public, la reptation du vaincu au tapis, et le compte de l'arbitre jusqu'au point final. Pas seulement dynamique, la

découpe des mots détache des suggestions adventices : ainsi les ondoiements d'Al Brown dans l'annonce en français « ondu-monde », ses feintes serpentines dans « sub / reptrice / -S- », son insaisissable personne dissimulée en « il » dans ses déplacements « I-c il/à » (pour « N-o wt he / n »).

L'enfantin Paris

Son tableau des deux Paris se terminait sur la phrase : « Dans les rues tortueuses de jeunes voix crient les fleurs » (1). Un sonnet en développe l'idée (9). Les enfants, fusionnant avec les fleurs qui les émerveillent, s'y chosifient en « quois », en « ças ». Mais s'abandonner à leurs sensations les rend vivants et bouleverse autrement la grammaire. Le « Est » au présent de leur désir devient l'équivalent des noms « Amour » et « Printemps », pareillement compléments de l'adjectif « affamés ». L'instant de bonheur, celui « d'arrive seul magnifique », déploie ses trois mots en compléments des verbes « avoir goûté », « connu », « senti ». La spontanéité du sensible assouplit les conventions syntaxiques.
Deux autres textes de cette période associent Paris à l'enfance. Devant Notre-Dame, une souris « fragile et frétillante » avait été, à une autre dame, « offerte par un mystère » (5). La chauve-souris estivale aperçue « entre les maisons » est, « si j'étais un enfant », « comme la confiture sur une étagère » : la preuve qu'une inimaginable « souris)mais avec de petites ailes » n'est pas hors d'atteinte. Il n'est que de se donner la main « pour monter cet escalier sombre » de l'amour, « sachant que tu as peur » (15). Ce sont cette fois les vers eux-mêmes qui hésitent, partageant l'émotion du désir.
La dépression économique qui suit le krach boursier de 1929 donne envie à Cummings d'aller voir – après plusieurs amis dont Dos Passos et Aragon qu'il fréquente à Paris depuis 1922 – à quoi

ressemble l'alternative soviétique au capitalisme. Se méfiant des visites organisées, il fait seul sa propre expérience de Moscou, Kiev, Odessa, en mai-juin 1931. Dans son journal de voyage, *EIMI* (1933, « je suis » en grec), l'URSS est l'enfer de Dante, Istanbul par où il rentre le purgatoire, et Paris le paradis des jeux d'enfants au jardin du Luxembourg (16). Les mots s'entremêlent dans un fourmillement de vie : une femme et sa fille se cherchant, les petits bateaux sur le bassin, les charrettes d'enfants tirées par des ânes ou des chèvres, et Dieu qui ignore ce bonheur où se cache peut être un regret des moments passés avec Nancy.

Le bonheur retrouvé

Peu après ce voyage en URSS, Anne et Cummings se séparent. En juin 1932, il rencontre Marion Morehouse, « le meilleur modèle que j'aie jamais photographié », dira Edward Steichen, alors directeur artistique de *Vogue*. Élancée, la taille fine, un visage ovale sur un long cou, elle a vingt-six ans. Cummings, trente-huit, en tombe amoureux ; ils ne se quitteront plus. Au début de 1933, il obtient une bourse Guggenheim à condition de partir à l'étranger. Les États-Unis sont en pleine dépression économique ; Paris sera un morceau de paradis – avec Marion.

Arrivés fin avril, ils louent un atelier d'artiste près du parc Montsouris. Braque et Derain habitent la même rue. Lui peint des vues des toits depuis la terrasse, ou des nus de Marion, qui pose habillée pour *Paris Vogue*. Il l'emmène à l'Opéra, aux Folies Bergère, au cirque, dans les galeries d'art, et lui fait découvrir ses lieux favoris : les quais, le Luxembourg, les Tuileries, Montmartre et Montparnasse. Invités l'automne à Hammamet, ils rentreront à New York pour Noël.

Leurs promenades sont évoquées par deux poèmes. La première part de la rue de la Gaîté, qui donne le ton, et longeant le cimetière Montparnasse, qui invite à jouir du présent, s'achève place

Denfert-Rochereau où se tenait la fête du Lion de Belfort avec manèges, acrobates, animaux (18). La lune, mobile elle aussi, accompagne les amoureux d'un « o » que détachent les coupes de vers ou des ponctuations. D'autres ressources graphiques animent l'écriture : le « I » d'une « p / I / le dech aises », « lesé berluments » des spectateurs déplaçant les frontières de mots, le « bal / ball / ballo / ballon » s'élevant progressivement.
Les chevrotements d'un orgue de foire orné de personnages animés et les remuements de clochards provoquent de semblables dislocations lexicales (10). Bien que traversant cette fois des quartiers pauvres, la promenade se termine pareillement par une danse joyeuse.
À ce Paris authentique s'oppose encore celui des Américains habitués des cafés du Dôme, de la Rotonde et de la Coupole, près du carrefour où le boulevard « montparnasse se laisse pigeonner par raspail » (19). Comme ses personnages changeant d'orientation sexuelle, cette pasquinade détourne une chanson enfantine : « *There was a little man / And he loved a little maid, / And he said, "Little maid, / Will you wed, wed, wed?"* »

« Trop vieux pour une maîtresse si jeune ?[1] »

Venant de Londres, Cummings et Marion louent de mi-juin à fin juillet 1937 un studio rue de la Bûcherie, « pouvant saluer Notre-Dame chaque matin ». Le Front populaire bat de l'aile : Léon Blum démissionne le 21 juin. Le 8 juillet, l'extrême droite remplit le Vélodrome d'hiver. Le 14, les communistes soutiennent la République espagnole à la Bastille. L'atmosphère est lourde. En une épigramme cinglante et crue, le pacifiste Cummings renvoie les manifestants dos à dos (39).

1. Note de 1951 citée par Richard S. Kennedy, *Dream in the Mirror: A Biography of E. E. Cummings*, New York : Liveright, 1980, p. 436.

La guerre confirmera ses craintes et rendra l'Atlantique impraticable, entre autres méfaits. Il ne revient en Europe que pour des vacances, passant cinq semaines à Paris en juin 1951, deux en mai 1959, et deux en novembre 1960. Ses rhumatismes et la santé fragile de Marion expliquent la brièveté des séjours. Mais il est en correspondance depuis 1946 avec son traducteur D. Jon Grossman[1], ex-harvardien et GI resté à Paris.
Cummings lui écrit le 26 janvier 1955 : « j'aimerais ne sais depuis combien de temps terminer un petit poème particulier au sujet d'une certaine petite église (dont j'ai noté le nom *"Saint German" (Germain?)"en-Charonne")* & dont la photographie est jadis apparue dans un truc appelé *"Paris Imprévu"(-vue?)*. Si tu rencontrais une semblance de cet édifice, merci d'envoyer[2] ». Le poème (40) sera lu en juin 1957 au Boston Art Festival devant 7 000 auditeurs, qui ont dû y entendre un hommage à la vieille Nouvelle-Angleterre. Sauf que « Ça,c'est Paris », comme le clamait un texte de 1922, après avoir demandé à un joueur d'orgue de barbarie : « refais-moi enfant » (17). Ce qui avait commencé vers 1921 par une « sereine » cathédrale au « magnifique visage décharné » (4) se termine dans les années 1950 par une « humble » et « fière » église périphérique, derrière le cimetière du Père Lachaise.

Sur une quarantaine d'années, l'écriture de Cummings a évolué, ses inventions formelles culminant au début des années 1930. Relativement stable en revanche est restée son image d'un Paris peu touché, de fait, par les guerres et antérieur aux rénovations urbaines de la Ve République (tour Montparnasse, Halles, Centre Pompidou, etc.), avec l'embourgeoisement consécutif. Les quartiers chic ne l'intéressent pas, à l'exception des Champs-Élysées

1. D. Jon Grossman est l'auteur de *E. E. Cummings*, Seghers, coll. « Poètes d'aujourd'hui », 1966.
2. Lettre à D. Jon Grossman, avril 1951, in *Plein Chant*, n° 74-75, 2002, p. 210

sur lesquels il jette un regard critique ou amusé. C'est dans le Paris encore populaire du faubourg Montmartre, des Halles, du Marais, du quartier Latin, du faubourg Saint-Antoine, de Montparnasse et de Denfert qu'il se sent lui-même, et trouve ses bonheurs, sans perdre sa lucidité.
S'il fallait choisir le lieu qui, longtemps, a le mieux correspondu à sa conception d'un monde vivable, Paris en serait le nom. Avec la Seconde Guerre mondiale, sa fermette du New Hampshire, Joy Farm, près d'un lac, devant des montagnes, est devenue le refuge presque idyllique, chaque été, de sa maturité d'homme et de poète. Paris aura été son long, son miraculeux printemps.

1.

Conflicting Aspects of Paris

The much misunderstood metropolis of Paris (France) is at present two cities. One of these cities—the one which exhibits itself for the benefit of tourists—has been and still is widely advertised as "Paree". The second Paris (which no mere tourist has ever so much as glimpsed, but which was, is and will forever remain) calls itself "Paname".

"Paname" is *argot. Argot* is slang. Slang is the most alive aspect of a language. The aspect of Paris which "Paname" signifies is the most alive aspect, the inner part; the secret of secrets, unpurchasable either by His Britannic Majesty's pounds or by His Yankee Excellency's dollars. Frequently, however, *l'étranger* is led to believe that, minus "Gay Paree," Paris would not be Paris—and here lurks a particularly poisonous mistake, which it is the present writer's intention to assassinate.

That foreigner, more particularly that American, who inhabits Paris for more or less cultural reasons, will hereupon raise her or his voice in protest, crying: "Verily your distinction is absurdly obvious. Anyone of even mediocre intelligence is perfectly aware of the contrast between that brand of Paris which is served to tourists and the genuine article. As for me, I speak the language, I despise cabarets, I enjoy the Louvre"—*etcetera*.

To which outburst we beg to respond: "Dear sir, or madam—that foreigner who (for any reason whatsoever) inhabits Paris, is a strictly negligible phenomenon. It is the foreigner whom Paris inhabits, who matters. Only to such a foreigner is the distinction between 'Paree' and 'Paname' vitally and irrevocably clear." [...]

1.

Aspects contradictoires de Paris

La fort incomprise métropole de Paris est à présent deux villes. L'une – celle qui est montrée aux touristes – a été et se trouve encore largement proclamée « *Paree* ». L'autre (qu'aucun simple touriste n'a jamais ne fût-ce qu'aperçue, mais qui a été, existe et toujours restera) se nomme elle-même « Paname ».

« Paname » est de l'argot. L'argot est l'aspect le plus vivant du langage. C'est le Paris vivant que désigne « Paname », son côté intime ; le secret des secrets que ne peuvent acheter les livres sterling de Sa Majesté britannique ni les dollars de Son Excellence yankee. Souvent pourtant, l'étranger est amené à croire que, sans le « *Gay Paree* », Paris ne serait plus Paris – se cache là une erreur des plus funestes, que l'auteur a l'intention d'assassiner.

Cet étranger, et surtout l'Américain ou Américaine qui habite Paris pour des raisons plus ou moins culturelles, ne manquera pas de protester : « Votre distinction est à l'évidence ridicule. N'importe qui d'un peu intelligent est parfaitement conscient de la différence entre la contrefaçon de Paris qui est servie aux touristes et l'article véritable. Moi, je parle français, je déteste les cabarets, j'aime le Louvre » – *et cetera*.

À quoi je me permettrai de répondre : « Cher monsieur, ou madame – cet étranger qui (pour quelque raison que ce soit) habite Paris, est un phénomène absolument négligeable. C'est l'étranger habité par Paris qui importe. Ce n'est qu'à un tel étranger que la distinction entre "Paree" et "Paname" est vitalement et irrévocablement claire. » [...]

Suppose, for instance, that Paris be considered as a whole or as one compound unit—a kind of microscope, for the examination of the world. Let us apply this microscope called Paris to our unenlightened eye. What do we discover with the aid of its lenses? We discover, ladies and gentlemen, that the world is not (as some are wont to suppose) at peace. Quite the contrary: war is everywhere. Our civilization is rent, to put it mildly, by strife. But by precisely what sort of strife? Strife between nationalities? Nothing as superficial as that. Between capital and labour? Wrong again. Looking very closely and holding our breath, we discover that the truly stupendous strife under observation partakes of a deeply religious nature, since it involves two furiously contending cults. What we perceive is nothing less than a holy war of unprecedented proportions, a fight to the death between two groups of unparalleled fanatics—comprising, on the one hand, the Worshippers of Life and, on the other, the Worshippers of Bathtubs. [...]

The distinction between naughty or pleasure-loving or "gay" Paris, and noble or museum-haunting or intellectual Paris is a bit of arbitrary nonsense, fabricated out of the whole cloth by Herr Karl Baedeker and carefully perpetuated by Messrs. Thos. Cook & Son. To a Parisian (and to anyone else who has his wits about him) such a distinction is utterly ridiculous. Judged from the standpoint of psychology, occupying oneself with any aspect of existence to the exclusion of the opposite aspect—being serious without also being silly—is unhealthy; whereas your Parisian is a remarkably healthy psychological specimen. Your Parisian, we repeat, perfectly realizes that without folly there would be no wisdom; and his Paris (constructed in accordance with this realization) embraces as many and as diverse kinds of existence as possible. Throughout this Parisian Paris, properly entitled "Paname", opposites of all varieties meet. *Madame la Comtesse* rubs elbows with *Mlle la Gonzesse*, dance halls mingle with museums, and life is an essentially healthy—since homogeneous—affair.

Supposons, par exemple, que Paris soit, d'un bloc ou dans sa composition, une sorte de microscope pour examiner le monde. Appliquons ce microscope à notre œil inéclairé. Que découvrons-nous au travers de ses lentilles ? Nous découvrons, mesdames et messieurs, que le monde n'est pas (comme certains le supposent d'ordinaire) en paix. Au contraire : la guerre est partout. Notre civilisation est traversée, sans exagérer, de conflits. Quel genre de conflits exactement ? Entre les nations ? Rien de plus superficiel. Entre le capital et le travail ? Tout aussi faux. Observons de plus près et retenons notre souffle : nous découvrons que le conflit le plus stupéfiant offert à notre observation est de nature foncièrement religieuse, puisqu'il implique deux cultes furieusement opposés : rien moins qu'une guerre sainte aux proportions inouïes, une lutte à mort entre deux groupes de fanatiques sans pareils – d'un côté, les Adorateurs de la Vie ; de l'autre, les Adorateurs de la Baignoire. [...]

La distinction entre le vulgaire, hédoniste ou « gai » Paris et le Paris noble, muséal ou intellectuel est un pur non-sens, fabriqué de toutes pièces par Herr Karl Baedecker et soigneusement perpétué par Messers Thomas Cook & Son. Pour un Parisien (et quiconque a un brin de jugement) une telle distinction est totalement ridicule. Du point de vue psychologique, se livrer à une part de l'existence à l'exclusion de son contraire – être sérieux sans être bête – est malsain ; alors que notre Parisien est un spécimen psychologique remarquablement sain. Il sait parfaitement qu'il ne saurait y avoir de sagesse sans folie ; et son Paris (en accord avec cette conception) embrasse autant de sortes d'existences que possible. Partout dans ce Paris parisien, proprement nommé « Paname », se rencontrent toutes les variétés de contraires. *Madame la Comtesse* se frotte à *Mlle la Gonzesse*, les bals se mélangent aux musées, et vivre est une affaire essentiellement saine – puisque homogène.

[...] Whether a visitor goes to naughty Montmartre or to nice Napoleon's Tomb is (Baedeker and the Cooks to the contrary) unimportant; but whether a human being merely inhabits the bathtub city of "Paree" or actually is inhabited by the living city of "Paname," wholly and fundamentally matters. TO BE, OR TO BE BATHED—that is the question which threatens the world in general and Paris in particular.

Remembering ye good olde proverbe, "Cleanliness is next to godliness," the gentle reader will demand, in righteous fury: "How dare you assert that bathtubs are iniquitous?" Or should the sacrosanct tradition of "progress" (viz. that form of prosperity which is intimately connected with bathing) arise in her or his mind, she or he will exclaim: "The bathtub is civilized! Long live the noble institution of tubbing! Vive the aristocracy of the daily bath!"

Throughout "Paree" one hears the very same slogan, for throughout Paris the cult of the tub is triumphant. Everywhere one's eye is greeted by *Hôtel du Progrès*, *Dernier Confort*, *Confort Moderne* ("confort," apparently, is hermaphroditic) and "Englisch" spoken. The *étranger* is invited at each step to inhabit American Bars until it shall be time for five "oclok" tea. On the upper *rue de Rivoli*, enunciation of French is no longer considered merely uncultured; it is considered positively blasphemous. As for a certain famous hill named Montmartre (where, not so very long ago, persons of all varieties amused themselves in a spontaneous and original manner) 'tis nowadays nothing more nor less than a peculiarly uninteresting machine for separating Anglo-Saxons from their bankrolls. Cleanliness is indeed next to godliness! Formerly a vein, *Boulevard Montparnasse* has become an artery through which pulses most of the none-too-red blood which comes straight from the none-too-sound heart of Greenwich Village, U.S.A. God's in His Heaven, prices soar, National Cash Registers adorn all the progressive cafés, Wrigley advertises where it will do most good,

[...] Qu'un visiteur aille voir le vilain Montmartre ou le gentil Tombeau de Napoléon est (contrairement à Baedecker et Cook) sans importance ; mais qu'un humain habite simplement la ville avec baignoire de « *Paree* » ou réellement la ville vivante de « Paname » importe pleinement et fondamentalement. ÊTRE OU PRENDRE UN BAIN — telle est la question qui menace le monde en général et Paris en particulier.

Se souvenant du bon vieux proverbe, « La propreté du corps s'apparente à celle de l'âme », le gentil lecteur demandera, avec une vertueuse fureur : « Comment osez-vous affirmer que les baignoires sont iniques ? » Ou que lui vienne à l'esprit la sacro-sainte tradition du « progrès » (à savoir cette forme de prospérité intimement liée aux bains) il ou elle s'exclamera : « La baignoire est civilisée ! *Long live the noble institution of tubbing!* Vive l'aristocratie du bain quotidien ! »

Partout dans « *Paree* » on peut entendre le même slogan, car partout triomphe le culte de la baignoire. En tout lieu, l'œil est salué par des Hôtels *du Progrès*, *Dernier Confort*, *Confort Moderne* et *Englisch (sic) spoken*. À chaque pas l'étranger est invité à entrer dans un *American Bar* en attendant l'heure du *five o'clock tea*. Dans la partie chic de la rue de Rivoli, employer le français n'est plus simplement considéré comme un manque de culture, mais carrément comme un blasphème. Quant à cette fameuse colline qu'on appelle Montmartre (où, il n'y a pas si longtemps, des gens de toutes sortes s'amusaient de manière spontanée et originale), c'est désormais ni plus ni moins qu'une machine totalement dénuée d'intérêt servant à débarrasser les Anglo-Saxons de leur papier-monnaie. La propreté du corps, certes, est parente de celle de l'âme ! Naguère une sacrée veine, le boulevard Montparnasse est devenu une artère où coule la plupart du sang pas-trop-rouge venu tout droit du cœur pas-trop-sain de Greenwich Village, U.S.A. Dieu du Ciel, les prix s'envolent, des caisses enregistreuses américaines ornent les cafés progressistes, les chewing-gums

the franc touches 22, and that invaluable home of hilarity, *Le Concert Mayol*, translated "*Oh Quel Nu*," the title of its revue, as "Ladies Shirt Off (!)."

So much for "Paree" and the triumph of the Worshippers of Bathtubs. And now, a few words concerning the second Paris, the unconquerable and authentic city: "Paname."

Pounds, progress, dollars and morals have assailed and still assail her, but in vain. At any bistrot, a *bordeaux blanc* is still a *bordeaux blanc* and un *demi* is still un *demi* and *fine* is *fine*, for all the attacks of "whiskey," gin, "pal-al," and *grog américain* not to mention the *Ligue Nationale Contre l'Alcoolisme (O, mores!)*. Albeit employed nightly as an advertisement for Citroën automobiles, that ultra-Freudian symbol which is known as *la tour Eiffel* smites the sunlit heavens as aforetime. A *foire* goes full blast at *Porte Vincennes*, with its "toboggan" and its "steam swings" and its games and shooting galleries and wrestlers and stomach-dancers and bodiless ladies and lion tamers. The *Tout Est Bon* café of *Porte Saint-Denis* still observes the *Tout Va Mieux* café, just across the street, with a scornful smile. At Auteuil and Longchamp there are still hooves and colours. Defying uncounted *films américains*, the ancient and honourable *Théâtre du Châtelet* promulgates its honourable and ancient brand of three-dimensional melodrama—the Fratellinis have moved to the *Cirque d'Hiver*, but a *cirque* is still a *cirque* and they are still the Fratellinis. "Miss" appears in a super-Follies concoction, but still does the sacred Mistinguett stuff—the *Moulins* are all turning. Always, the Jardin du Luxembourg has its wooden horses to ride and its tiny ships to sail; and in the Elysian Fields *guignols* twinkle like fireflies. Barges and *bateaux mouches* glide (and will forever glide) through the exquisite river; from which old gentlemen, armed with prodigious poles and preternatural patience, will forever extract microscopic fish. Beneath "Paree," beneath the glittering victory of "civilization," a careful eye perceives the deep, extraordinary, luminous

Wrigley vantent leur action bénéfique, le dollar frôle les 22 francs, et cet inestimable foyer de plaisir, Le Concert Mayol, a traduit le titre de sa revue, « Oh Quel Nu ! », par « *Ladies Shirt Off* », femmes sans chemise !

Voilà pour ce qui est de « *Paree* » et du triomphe des Adorateurs de baignoire. Quelques mots à présent sur l'autre Paris, l'inexpugnable ville authentique : « Paname ».

Les livres sterling, le progrès, les dollars et la moralité l'ont assailli et l'assaillent encore, mais en vain. Dans les bistrots, un bordeaux blanc est toujours un bordeaux blanc, et un demi un demi, une fine une fine, malgré les attaques du *whiskey*, du *gin*, de la *pal-al* et du « grog américain », sans parler de la Ligue nationale contre l'alcoolisme (*O, mores!*). Même s'il fait la nuit la réclame des automobiles Citroën, le symbole ultra-freudien connu sous le nom de tour Eiffel déchire comme avant les cieux ensoleillés. Une foire bat son plein à la porte de Vincennes, avec son toboggan, ses balançoires à vapeur, ses jeux, ses stands de tir, ses lutteurs, ses danseuses du ventre, ses femmes sans tronc et ses dompteurs de lions. Le café Tout Est Bon de la porte Saint-Denis continue de regarder avec un sourire méprisant le Tout Va Mieux, juste en face. Il y a encore des sabots et des couleurs à Auteuil et à Longchamp. Défiant les nombreux films américains, l'antique et honorable Théâtre du Châtelet propose les mélodrames en trois dimensions qui font son honorable et antique réputation – les Fratellini se sont installés au Cirque d'Hiver, mais un cirque est toujours un cirque et il y a encore les Fratellini. « La Miss » se produit dans une décoction de *super-Folies*, mais Mistinguett s'en sort sacrément bien – et le Moulin continue de tourner. Le jardin du Luxembourg a toujours ses chevaux de bois et ses petits bateaux ; et aux Champs-Élysées les guignols brillent comme des lucioles. Les péniches et les bateaux-mouches glissent (et glisseront à jamais) sur le délicieux fleuve ; duquel de vieux messieurs, armés de perches prodigieuses et d'une patience surnaturelle,

triumph of Life Itself and of a city founded upon Life-a city called "Paname," a heart which throbs always, a spirit always which cannot die. The winged monsters of the garden of Cluny do not appear to have heard of "progress." The cathedral of Notre Dame does not budge an inch for all the idiocies of this world.

Meanwhile, spring and summer everywhere openingly arrive.

Lovers capture the *Bois*.

In crooked streets young voices cry flowers.

extrairont toujours des poissons microscopiques. Sous « *Paree* », sous l'étincelante victoire de la « civilisation », un œil attentif décèle le profond, l'extraordinaire, le lumineux triomphe de la Vie même et d'une ville fondée sur la Vie — une ville nommée « Paname », un cœur qui palpite toujours, un esprit qui jamais ne peut mourir. Les monstres ailés du jardin de Cluny ne semblent pas avoir entendu parler du « progrès ». La cathédrale Notre-Dame ne bouge pas d'un pouce devant toutes les idioties de ce monde.

Pendant ce temps, le printemps et l'été arrivent ouvertement partout.

Les amoureux s'emparent du Bois.

Dans les rues tortueuses de jeunes voix crient les fleurs.

2.

i & selfdiscovery

After Harvard, I thank (for selfdiscovery) a phenomenon and a miracle. The phenomenon was a telemicroscopic chimera, born of the satanic rape of matter by mind; a phallic female phantasm, clothed in thunderous anonymity and adorned with colossally floating spiderwebs of traffic; a stark irresistibly stupendous newness, mercifully harboring among its pitilessly premeditated spontaneities immemorial races and nations. In New York I also breathed: and as if for the first time.

The truly first of first times was (however) still to come. It arrived with a socalled war. Being neither warrior nor conscientiousobjector, saint nor hero, I embarked for France as an ambulancedriver. And as my earliest taste of independence had been excelled by the banquet which I later sampled among Manhattan's skyscrapers, so was that banquet surpassed by the freedom which I now tasted. Two realms, elsewhere innately hostile, here cordially coexisted—each (by its very distinctness) intensifying the other—nor could I possibly have imagined either a loveliness so fearlessly of the moment or so nobly beautiful a timelessness. Three thousand oceanic miles away and some terrestrial years before, a son of New England had observed those realms bitterly struggling for dominion: then, as a guest of verticality, our impuritan had attended the overwhelming triumph of the temporal realm. Now, I participated in an actual marriage of material with immaterial things; I celebrated an immediate reconciling of spirit and flesh, forever and now, heaven and earth. Paris was for me precisely and complexly this homogeneous duality: this accepting transcendence; this living and dying more than death or

2.

je & la découverte de soi

Après Harvard, je dois remercier (pour ma propre découverte) un phénomène et un miracle. Le phénomène était une télémicroscopique chimère, née du viol diabolique de la matière par l'esprit ; un fantasme phallique féminin, habillé de tonitruant anonymat et orné de colossales toiles d'araignée de circulation ; une franche nouveauté irrésistiblement prodigieuse, abritant avec miséricorde des races et des nations immémoriales au milieu de ses spontanéités impitoyablement préméditées. À New York j'étais soufflé : et respirais comme si c'était la première fois.

Mais la vraiment première des premières fois restait à venir. Elle est arrivée avec une dénommée guerre. N'étant ni guerrier ni objecteur de conscience, ni un saint ni un héros, je me suis embarqué pour la France comme ambulancier. Et de même que ma première dégustation d'indépendance n'était rien auprès du banquet auquel m'avaient ensuite invité les gratte-ciel de Manhattan, ce banquet fut à son tour surpassé par la liberté qu'à présent je savourais. Deux royaumes, ailleurs ennemis héréditaires, coexistaient ici en toute amitié – chacun (par ce qu'il avait de plus particulier) renforçant l'autre – et il m'était impossible d'imaginer charme plus intrépidement de son époque ni intemporalité d'une beauté plus noble. À trois mille milles marins de chez lui et quelques années terrestres auparavant, un enfant de la Nouvelle-Angleterre avait pu voir ces royaumes lutter amèrement pour la suprématie : puis, en tant qu'hôte de la verticalité, notre impuritain avait assisté au triomphe écrasant du royaume temporel. Cette fois, je prenais part au mariage réel des choses matérielles avec les immatérielles ; je célébrais la réconciliation

life. Whereas—by the very act of becoming its improbably gigantic self—New York had reduced mankind to a tribe of pygmies, Paris (in each shape and gesture and avenue and cranny of her being) was continuously expressing the humanness of humanity. Everywhere I sensed a miraculous presence, not of mere children and women and men, but of living human beings; and the fact that I could scarcely understand their language seemed irrelevant, since the truth of our momentarily mutual aliveness created an imperishable communion. While (at the hating touch of some madness called La Guerre) a once rising and striving world toppled into withering hideously smithereens, love rose in my heart like a sun and beauty blossomed in my life like a star. Now, finally and first, I was myself: a temporal citizen of eternity; one with all human beings born and unborn.

instantanée de l'esprit avec la chair, d'à-jamais avec à-présent, du ciel avec la terre. Pour moi, Paris représentait précisément et complexement cette dualité homogène : cette transcendance consentante, ce vivre et ce mourir supérieurs à la mort et à la vie. Là où — du seul fait de devenir une gigantesque improbabilité — New York avait réduit le genre humain à une tribu de pygmées, Paris (en chaque forme et geste et avenue et recoin de son être) n'avait pas cessé d'exprimer l'humain de l'humanité. Partout je sentais la miraculeuse présence, non pas simplement d'hommes, femmes ou enfants, mais d'êtres vivants ; et que je puisse à peine comprendre leur langue semblait sans importance, puisque la vérité de notre être-en-vie momentanément partagé instaurait une indéfectible communion. Alors que (au contact haineux de cette folie nommée La Guerre) un monde hier en train de se lever et se démener retombait en mille morceaux affreusement flétris, l'amour se levait dans mon cœur comme un soleil et la beauté fleurissait dans ma vie comme une étoile. Désormais, enfin et avant tout, j'étais moi-même : un citoyen circonstanciel de l'éternité ; un parmi tous les êtres humains nés ou non nés.

Notre-Dame

3.

Take for example this:

if to the colour of midnight
to a more than darkness(which
is myself and Paris and all
things)the bright
rain
occurs deeply,beautifully

and i(being at a window
in this midnight)
                                        for no reason feel
deeply completely conscious of the rain or rather
Somebody who uses roofs and streets skilfully to make a
possible and beautiful sound:

if a(perhaps)clock strikes,in the alive
coolness,very faintly and
finally through altogether delicate gestures of rain

a colour comes,which is morning,O do not wonder that

(just at the edge of day)i surely
make a millionth poem which will not wholly
miss you;or if i certainly create,lady,
one of the thousand selves who are your smile.

3.

Prends par exemple ceci:

si sur la couleur de minuit
sur une plus qu'obscurité(qui
est moi et Paris et toute
chose)la luisante
pluie
arrive profonde,magnifique

et je(à la fenêtre
en ce minuit)
                    sans raison aucune me sens
profondément entièrement conscient de la pluie ou plutôt
Quelqu'un qui se sert des toits et des rues habilement pour
    faire un
possible et très beau son:

si une(peut-être)cloche sonne,dans la vivante
fraîcheur,très faiblement et
finalement parmi les gestes en tout délicats de la pluie

une couleur vient,qui est le matin,Oh ne t'émerveille pas que

(juste au bord du jour)certainement je
fasse un millionième poème dont tu ne seras pas
    complètement
absente;ou si assurément je suscite,ma dame,
l'un des milliers de toi qu'est ton sourire.

4.

Paris;this April sunset completely utters;
utters serenely silently a cathedral

before whose upward lean magnificent face
the streets turn young with rain,

spiral acres of bloated rose
coiled within cobalt miles of sky
yield to and heed
the mauve

                    of twilight(who slenderly descends,
daintily carrying in her eyes the dangerous first stars)
people move love hurry in a gently

arriving gloom and
see!(the new moon
fills abruptly with sudden silver
these torn pockets of lame and begging colour)while
there and here the lithe indolent prostitute
Night,argues

with certain houses

4.

Paris;ce couchant d'avril totalement s'exprime;
s'exprime sereine et silencieuse une cathédrale

devant le magnifique visage décharné de qui
des rues sous la pluie rajeunissent,

des hectares de volutes bouffies de rose
lovées dans de cobalt kilomètres de ciel
s'inclinent attentionnés devant
le mauve
de crépuscule(qui descend tout en sveltesse,
portant coquette aux yeux les dangereuses premières
étoiles)
les gens vont aiment courent sous gentiment

arrivant la pénombre et
vois!(la nouvelle lune
emplit tout à coup de soudain argent
ces poches trouées d'une mendiante couleur boiteuse)tandis
qu'ici et là ondule indolente la prostituée
Nuit,qui tente de convaincre

certaines maisons

5.

it is winter a moon in the afternoon
and warm air turning into January darkness up
through which sprouting gently,the cathedral
leans its dreamy spine against thick sunset

i perceive in front of our lady a ring of people
a brittle swoon of centrifugally expecting
faces clumsily which devours a man,three cats,
five white mice,and a baboon.

O a monkey with a sharp face waddling carefully
the length of this padded pole;a monkey attached
by a chain securely to this always talking
individual,mysterious witty hatless.

Cats which move smoothly from neck to neck of bottles,cats
smoothly willowing out and in between bottles,who step smoothly
and rapidly along this pole over five squirming
mice;or leap through hoops of fire,creating smoothness.

People stare,the drunker applaud
while twilight takes the sting out of the vermilion
jacket of nodding hairy Jacqueline who is given a mouse
to hold lovingly,

our lady what do you think of this? Do your proud fingers and
your arms tremble remembering something squirming fragile
and which had been presented unto you by a mystery?
...the cathedral recedes into weather without answering

5.

c'est l'hiver une lune l'après-midi
et l'air tiède changé en janvier l'obscurité monte
sur ce qui germe doucement,la cathédrale
incline sa flèche rêveuse contre le lourd couchant

je perçois devant notre dame un cercle de gens
une fragile pâmoison de visages aux attentes centrifuges
qui dévorent gauchement un homme,trois chats,
cinq souris blanches,et un babouin.

Oh un singe à l'air malin se dandinant prudemment
le long de ce poteau rembourré;un singe attaché
par une chaîne de sûreté à cet individu sans cesse
parlant,mystérieux plein d'esprit sans chapeau.

Des chats qui avancent doucereux d'un goulot à l'autre,des chats
sinuent en douceur entre les bouteilles,qui marchent souples
et rapides sur ledit poteau par-dessus cinq frétillantes
souris;ou sautent dans des cerceaux de feu,créant de la douceur.

Les gens regardent,les buveurs applaudissent
tandis que le crépuscule retire son mordant à la veste vermillon
de l'acquiescante Jacqueline aux cheveux longs à qui on donne
une souris à tenir avec amour,

qu'en pensez-vous notre dame? Est-ce que vos doigts fiers
et vos bras tremblent se souvenant d'une chose fragile et frétillante
qui vous a été offerte par un mystère?
...la cathédrale s'estompe dans l'atmosphère sans répondre

6.

but observe;although
once is never the beginning of
enough,is it(i do not pretend
to know the reason any more than.)   But look:up-

raising,hoisting,a little
perhaps that and this,deftly
propping on smallest hands
the slim hinging you
                                        —because
it's five o'clock

and these(i notice)trees winterbrief surly old
gurgle a nonsense of sparrows,the cathedral
shudders blackening;
the sky is washed with tone

now for a moon
to squat in first darkness
—a little moon thinner than

memory

6.

mais remarque;même si
une fois n'est jamais le début
d'assez,elle est(je ne prétends pas
en connaître la raison plus que ça.)   Mais regarde:se

levant,hissant,un petit
peut-être ci ou ça,adroitement
soutenant de minuscules mains
le mince toi qui te retournes
                                        —parce qu'il
est cinq heures

et ces(je note)arbres réduits maussades et vieux par l'hiver
gazouillent un non-sens de moineaux,la cathédrale
frissonne s'assombrissant;
le ciel est lavé de sonorités

à présent pour qu'une lune
s'installe à la première obscurité
—une petite lune plus mince que

le souvenir

faint
-er
    than all the whys
which lurk
between your naked shoulderblades.—Here
comes a stout fellow in a blouse
just outside this window,touching the glass
boxes one by one with his magic
stick(in which a willing
bulb of flame bubbles)
                                see

here and here they explode
silently into crocuses of brightness. (That is enough
of life,for you. I understand. Once
again...)sliding

a little downward,embrace me with your body's suddenly
curving entire warm questions

plus
pâle
        que tous les pourquois
tapis
entre tes omoplates découvertes.—Voici
venir un solide gaillard en sarrau
de l'autre côté de la fenêtre,touchant les becs
de gaz un à un de sa canne
magique(au bout de laquelle une boule
de feu bouillonne enthousiaste)
                                                    vois

là et là ça explose
silencieux en crocus d'éclats.   (Cela fait bien assez
de vie,pour toi.   Je comprends.   Une fois
encore...)glissant

un peu plus bas,embrasse-moi de ton corps soudain
incurvant de complètes questions chaudes

Les Halles, le Marais

7.

impossibly

motivated by midnight
the flyspecked abdominous female
indubitably tellurian
strolls
          emitting minute grins

each an intaglio.
Nothing
has also carved upon her much

too white forehead a pair of
eyes which mutter thickly(as one merely
terricolous American an instant doubts
the authenticity

of these antiquities—relaxing
                                        hurries
elsewhere;to blow

incredible wampum

7.

impossiblement

motivée par minuit
la femelle chiure-de-mouchetée ventripotente
indubitablement tellurienne
flâne
        émettant d'infimes sourires

chacun une taille-douce.
Le Rien
a en outre gravé sur son bien

trop blême front une paire
d'yeux qui marmonnent lourdement(tandis qu'un
    simplement
terricole Américain doute un instant
de l'authenticité

de ces antiquités—et se relâchant
                                                            file
ailleurs,claquer

un fric incroyable

8.

SCENE: *Le Père Tranquille (Les Halles). Whores asleep. Music asleep. A waiter asleep. A bell rings violently and a headwaiter rushes into the room. Enter a* FAIRLY YOUNG LADY *and an* OLDER WOMAN, *followed by the obsequiously ushering headwaiter. They order two "ombs"—or "hommes" as the waiter understands—with a bottle "des Viandes"; then they begin to chat about Paris.*

OLDER (*Produces and opens a cigarettecase: offers it*): Will you have a cigarette?

FAIRLY YOUNG (*Hastily, producing ditto*): Try one of mine. They're camels.

OLDER: Thank you, I think I prefer lucky strikes. (*Each lights her own cigarette*) Well, dear. How do you like Paris?

FAIRLY YOUNG: I think Paris is darling. I've met so many people from New York.

OLDER: Yes, Paris is certainly cosmopolitan.

FAIRLY YOUNG: O, very.

OLDER (*After a pause*): Have you been here long?

FAIRLY YOUNG: Only a few days. Dick and I arrived last—when was it—let me see: today is... Thursday...

OLDER: Today is Tuesday.

FAIRLY YOUNG: Is today really Tuesday?

OLDER: Today must be Tuesday, because Monday was yesterday. I know, because yesterday I had a fitting on a dress I bought at Poiret's. You should see it—

FAIRLY YOUNG: O dear, then I missed an appointment at the hairdresser's if today is Tuesday. Well, I'll go tomorrow.... What were we talking about? I didn't mean to interrupt.

8.

La scène se passe la nuit au Père Tranquille, dans le quartier des Halles. Des putains endormies. La musique endormie. Un serveur endormi. La sonnette de la porte retentit, un maître d'hôtel se précipite. Entrent une JEUNE BELLE *et une femme* PLUS ÂGÉE *qu'il accompagne obséquieusement. Après avoir réussi à commander deux « hommes » [-burger] et une bouteille « des Viandes », elles entament une conversation en froglish.*

LA PLUS ÂGÉE (*sortant un étui à cigarettes et l'ouvrant pour en offrir*). – Will you have a cigarette ?

LA JEUNE BELLE (*sortant aussitôt le sien*). – Try one of mine. Des gamelles.

LA PLUS ÂGÉE. – Thank you, je crois préférer une le qui s'traque. (*Chacune allume sa cigarette.*) Well, dear. How do you like Paris ?

LA JEUNE BELLE. – Je trouve Pariss darling. J'ai croisé so many people from New York.

LA PLUS ÂGÉE. – Yes, Pariss is certainly cosmopolitaine.

LA JEUNE BELLE. – Oh, very.

LA PLUS ÂGÉE (*après un temps*). – Êtes-vous là depuis long ?

LA JEUNE BELLE. – Juste un peu de jours. Dick et moi sont arrivés... quand est-ce ? Attendez : aujourd'hui on est... jeudi...

LA PLUS ÂGÉE. – Today is Tuesday.

LA JEUNE BELLE. – Is today really mardi ?

LA PLUS ÂGÉE. – On doit être mardi, parce qu'hier c'était lundi. J'en suis soure : hier j'avais un essayage d'une robe chez Poiret. You should see that dress.

OLDER: Let me see.... O I asked you if you'd been here long, that was it.
FAIRLY YOUNG: O yes, of course. —Why no, Dick and I arrived... last Friday, I guess it was—on the Aquitania.
OLDER: Did you have a pleasant trip?
FAIRLY YOUNG (*Enthusiastically*): Simply glorious. Dick was sick all the time.
OLDER: How silly of him. (*A pause*) I suppose you've been about a great deal since you arrived?
FAIRLY YOUNG: O yes. I've seen everything there is to see.
OLDER (*Dreamily*): Have you seen that old Church, such a beautiful old ruin, over somewhere to the East is it?
FAIRLY YOUNG (*Promptly*): Which bank?
OLDER: I'm talking about a church, it's very famous, very old—
FAIRLY YOUNG: I meant which bank of the Sane is it on?
OLDER (*Unabashed*): O, I don't know, but I think it was on the further one, if I remember rightly.
FAIRLY YOUNG: The interesting one where the students live?
OLDER: You know what I mean, the car tea a lat tan, and all that. It's the right, isn't it? I'm always getting them mixed.
FAIRLY YOUNG: I never can keep them straight either.
OLDER: Well, anyway—it's the loveliest old thing—you must have seen it. (*Pause*)
FAIRLY YOUNG: If it's very old, I must have.
OLDER: O—it's very old! (*The women smoke. The whores and music snore. A pause.*) There was something I wanted to tell you, and it's completely gone out of my head. I can't think what... O, yes: this dress I've just bought. It's such a LOVELY dress.
FAIRLY YOUNG (*Insincerely*): I should so like to see it.
OLDER: We'll go around there tomorrow after lunch—it's black satin, very simple, but the loveliest lines you ever saw in your life, and just oceans of real Brussels lace. (*She makes an oceanic gesture*)

LA JEUNE BELLE. – O dear, j'ai oublié mon rendez-vous chez le hairdresser, la coiffeur, si on est mardi. Well, j'irai demain. De quoi nous parlions ? Je ne voulais pas interrompre.
LA PLUS ÂGÉE. – Attendez... Ah oui, je demandais si vous étiez là depuis long.
LA JEUNE BELLE. – O yes, of course. Bon, Dick et moi sont arrivés... vendredi dernier je crois... sur l'Aquitania.
LA PLUS ÂGÉE. – Avez-vous fait une bonne traversée ?
LA JEUNE BELLE (*enthousiaste*). – Tout simplement magnifique. Dick a été malade tout le temps.
LA PLUS ÂGÉE. – Comme c'est bête de sa part. (*Un temps.*) Je seuppose vous avez fait un tas de choses depuis votre arrivée ?
LA JEUNE BELLE. – O yes, j'ai vou tout ce qu'il y a à voir.
LA PLUS ÂGÉE (*songeuse*). – Avez-vous vou cette old Church, une vieille ruine si belle, quelque part vers l'est ?
LA JEUNE BELLE (aussitôt). – Which bank ?
LA PLUS ÂGÉE. – Je veux parler de l'église, very famous, très vieille...
LA JEUNE BELLE. – Je voulais dire sur quelle rive du river Seine.
LA PLUS ÂGÉE (*nullement décontenancée*). – O, I don't know, but je pense it was le plus éloigné, si je me rappelle bien.
LA JEUNE BELLE. – Le interesting bank où vivent les étudiants ?
LA PLUS ÂGÉE. – You know what I mean : le quartier Latine ! C'est le droite, n'est-ce pas ? Je les mélange sans arrêt.
LA JEUNE BELLE. – J'ai toujours du mal à les distinguer.
LA PLUS ÂGÉE. – Well, en tout cas... c'est le plusse charmant des vieilles choses... Il faut l'avoir vou. (*Un temps.*)
LA JEUNE BELLE. – Si c'est très vieux, je dois le voir.
LA PLUS ÂGÉE. – O... it's very old ! (*Les femmes fument. Les putains et la musique ronflent. Un temps.*) Il y a quelque chose que je voulais vous dire, mais ça m'est sorti de la tête. Je ne trouve plou... Ah si : cette robe que j'ai achetée. It's such a lovely dress.
LA JEUNE BELLE (*hypocrite*). – Ça me plairait tellement de la voir.

FAIRLY YOUNG: How wonderful. Did it cost much?

OLDER: I should say so—from Poiret, you know: terribly expensive... as I remember it, let me see: why I think I paid three of those very big notes; you know, the brown ones.

FAIRLY YOUNG: I thought the brown ones were fifty.

OLDER: The small brown ones are, but these were the big brown ones. (*A pause*)

FAIRLY YOUNG: The yellow ones with the pictures are a hundred, aren't they?

OLDER: Yes, the pictures are a hundred, and then there's a five hundred. The ones I was thinking of are the thousand, I guess—unless there's a ten-thousand franc note... I always get confused whenever I try to figure out anything which has to do with money.

FAIRLY YOUNG: So do I, here. American money is so much more sensible, I should think they'd adopt it everywhere.

OLDER: Well, I suppose it would cause some difficulties.

FAIRLY YOUNG: You'd think they'd adopt it here, though. The French are supposed to be so intelligent.

OLDER (*Confidentially*): O but they're not—really. Why, only today, I tried to make a taxidriver understand where I wanted to go: it was perfectly simple, song karawnt sank roo der lay twahl, and I said it over three times, and even then he couldn't seem to understand—

FAIRLY YOUNG: Yes. I know.

OLDER: —so finally I had to say it in English. And then he understood!

FAIRLY YOUNG: They seem to understand English better than French nearly everywhere in Paris, now.

OLDER: Well. I suppose it's the war, don't you think so?

FAIRLY YOUNG: Dick thinks so.

OLDER: Dick—?

FAIRLY YOUNG: My husband. He was in Paris during the war.

OLDER: O. Was he.

LA PLUS ÂGÉE. — Nous irons y faire un tour demain après-midi : elle est en satin noir, très simple, avec le coupe le plus lovely que vous avez jamais vou, et jeuste un océan de vraie dentelle de Bruxelles. (*Elle fait un geste océanique.*)

LA JEUNE BELLE. — How wonderful ! Combien l'avez-vous payée ?

LA PLUS ÂGÉE. — I should say tellement… chez Poiret, you know : affreusement cher… si je me souviens, attendez : il me semble avoir donné trois de ces grands billets, you know, the brown ones.

LA JEUNE BELLE. — Je croyais que les bruns valaient cinquante.

LA PLUS ÂGÉE. — Les bruns petits oui, mais c'étaient les grands. (*Un temps.*)

LA JEUNE BELLE. — Les jaunes avec une image valent cent, n'est-ce pas ?

LA PLUS ÂGÉE. — Yes, the pictures are a hundred, puis il y a les cinq cents. Les à quoi je pensais sont les mille, j'ai l'impression… à moins qu'il y a un billet de dix mille… Je me trompe toujours quand j'essaie de comprendre les choses d'argent.

LA JEUNE BELLE. — So do I, ici. Les billets américains sont tellement plus pratiques, on devrait les adopter partout.

LA PLUS ÂGÉE. — Bon, je seuppose que ça cause quelques difficultés.

LA JEUNE BELLE. — Vous ne pensez pas qu'ils vont les adopter quand même ? Les Français sont censés être si intelligents.

LA PLUS ÂGÉE (*en confidence*). — Mais… they're not, really. Tenez, only today, j'ai essayé de faire un taxidriver comprendre où je voulais aller ; c'était perfectly simple : sente qu'a ranch cingle roue de lait toile ; je lui ai répété plusse de trois fois, et même alors il a pas semblé comprendre.

LA JEUNE BELLE. — Yes, je connais.

LA PLUS ÂGÉE. — Si bien que finally j'ai dou le dire en anglais. Et alors il a compris !

LA JEUNE BELLE. — Ils ont l'air de mieux comprendre l'anglais que le français presque everywhere in Pariss, now.

FAIRLY YOUNG: Yes. He started in by being a major, but he soon got promoted to colonel.
OLDER: How interesting. —I wonder if you know a man named Seward.
FAIRLY YOUNG (*Eagerly*): Jim Seward or Jack Seward? I know them both well. I'm crazy about Jack. He came over on the boat with me.
OLDER: I think this one's name was Tom, or something like that. I can't quite remember...
FAIRLY YOUNG (*As before*): Is he blond and wonderful looking?
OLDER: No, he's rather dark, and very unattractive: in fact, quite ugly. His father was a prominent banker or something.
FAIRLY YOUNG: I don't think I ever met him. (*A pause*) Why?
OLDER: O I just wondered. (*A long pause*)
FAIRLY YOUNG (*Glancing about her for the first time*): It's quiet here, isn't it. I expected it to be lively.
OLDER: Did you? —I thought just the opposite. The name is so quiet: Pare Trank Eel. It means Tranquil Father, you know. (*A pause*)
FAIRLY YOUNG: I never heard of it. Is it well known?
OLDER: Only to those who KNOW.

LA PLUS ÂGÉE. – Je seuppose que c'est la guerre ; don't you think so ?
LA JEUNE BELLE. – Dick pense cela.
LA PLUS ÂGÉE. – Dick ?
LA JEUNE BELLE. – Mon mari. He was in Paris during the war.
LA PLUS ÂGÉE. – Oh, vraiment ?
LA JEUNE BELLE. – Yes. Il a commencé commandante, mais il a vite été promoté colonel.
LA PLUS ÂGÉE. – How interesting. Je me demande si vous connaissez quelqu'un qui s'appelle Seward.
LA JEUNE BELLE (*vivement*). – Jim Seward ou Jack Seward ? Je les connais bien tous les deux. Je suis folle de Jack. Il a pris le bateau avec moi.
LA PLUS ÂGÉE. – Je crois que le mien s'appelle Tom ou quelque chose. Me rappelle pas bien...
LA JEUNE BELLE (*vivement*). – Est-il blonde et merveilleusement beau ?
LA PLUS ÂGÉE. – Non, plutôt brun et PAS séduisante : absolou ment hideux en fait. Son père est un grand banquier ou quelque chose.
LA JEUNE BELLE. – Je pense pas l'avoir rencontré. (*Un temps.*) Pourquoi ?
LA PLUS ÂGÉE. – Oh, je me demandais... (*Un long temps.*)
LA JEUNE BELLE (*regardant autour d'elle pour la première fois*). – C'est très calme ici. Je m'attendais que c'est vivant.
LA PLUS ÂGÉE. – Ah oui ? Je pensais le contraire. Le nom est très calme : Paire Trinque Île. It means Tranquil Father, you know. (*Un temps.*)
LA JEUNE BELLE. – J'avais jamais entendu dire. C'est très connu ?
LA PLUS ÂGÉE. – Uniquement de ceux qui SAVENT.

9.

what a proud dreamhorse pulling(smoothloomingly)through
(stepp)this(ing)crazily seething of this
raving city screamingly street wonderful

flowers And o the Light thrown by Them opens

sharp holes in dark places paints eyes touches hands with new-
ness and these startled whats are a(piercing clothes
    thoughts kiss
-ing wishes bodies)squirm-of-frightened shy are whichs
    small
its hungry for Is for Love Spring thirsty for happens
only and beautiful
                    there is a ragged beside the who limps
man crying silence upward
                    —to have tasted Beautiful to have known
Only to have smelled Happens—skip dance kids hop point at
red blue yellow violet white orange green-
ness

    o what a proud dreamhorse moving(whose feet
almost walk air).   now who stops.   Smiles.he
                                        stamps

No Thanks, 53 (1927)

9.

quel fier cheval de rêve tirant(lissebrumeusement)à
travers(trot)folle(tant)agitée cette rue
criardement d'une ville cinglée de fantastiques

fleurs Et ô la Lumière qu'Elles jettent ouvre de vives

trouées dans les coins peint les yeux caresse les mains d'inouï
et ces quois surpris sont un(transperçant habits pensées
    embras
-sant corps désirs)frétillant-de-frayeur timides sont ces
    quels petits
ças affamés de Est d'Amour de Printemps assoiffés d'arrive
seul magnifique
                                il y a en haillons un près du il claudique
homme hurlant haut le silence
                                                    —d'avoir goûté Magnifique connu
Seul senti Arrive—sautez dansez gamins hop suivez
du doigt le rouge bleu jaune blanc violet orange verd-
oyant

        ô quel fier cheval de rêve avançant(comme si sur l'air
il marchait).   à présent qui s'arrête.   Sourit.il
                                                                        frappe le pavé

10.

when
from a sidewalk
out of(blown never quite to
-gether by large sorry)creatures out
of(clumsily shining out of)instruments,
waltzing;undigestibly:groans.bounce

!o-ras-ourh an-dorg-an ble-at-ssw-ee-t-noth ings orarancidhurd
ygurdygur glingth umpssomet hings(whi,le sp,arrow,s wince
among those skeletons of these trees)
when
sunbeams loot
furnished rooms through whose foul windows absurd
clouds cruise nobly ridiculous skies

(the;mselve;s a;nd scr;a;tch-ing lousy full.of.rain
beggars yaw:nstretchy:awn)
then,
o my love
,then
it's Spring
immortal Always & lewd shy New

and upon the beyond imagining spasm rise
we
you-with-me
around(me)you
IYou

No Thanks, 57 (1933)

10.

quand
du trottoir
hors(jamais vraiment poussés en
-semble à grands regrets)de personnages hors
(brillants de maladresse au-dehors)d'instruments,
de,borborygmement;valsantes:plaintes.bondissent

!o-uai-gre un org-ue-defo-ire chev-rote-ded-oux-ri ens ou un
rancelim onairegarg ouilledesch oses(et moi,n,eau,x frémissent
parmi ces squelettes d'arbres-ci)
quand
le soleil saccage
les meublés au travers de carreaux sales où nagent
noblement perdus quelques nuages dans des cieux mesquins

(le;s s;e gr;att-ant poux pleins.de.pluie mendiants
b:âillents'étirentb:âillent)
alors,
ô mon amour
,alors
c'est l'Printemps
immortel Toujours & timide impudique Nouveau

et par-dessus cet inimaginablement sursaut
nous
toi-avec-moi
autour de(moi)toi
d'un seul JeTu

Quartier Latin

11.

long ago,between a dream and a dream

(when monsieur matal directed la reine blanche
opposite cluny's gladly miraculous most
vierge et l'enfant)someone was morethanalive
with love;with love:with love—love of whom?
love:paris;la france,une fille and at least

(while every night was a day and a day was dimanche)
seven or—not to exaggerate—certainly five

selves beyond every human imagining my;
whereas,in this epoch of mindandsoul,to feel
you're not two billion other unselves is enough
to scare any no one nearly-if-not-quite stiff
—how did(i often ask me)that someone die?

but just as often the answer's only a smile

11.

il y a très longtemps,entre un rêve et un rêve

(quand m'sieur matal était patron de la reine blanche
face à cluny et à sa miraculeuse vierge
à l'enfant)quelqu'un était plusquevivant
with love;with love:d'amour—amour pour qui?
amour:paris;la france,une fille et pour le moins

(chaque nuit étant un jour et tous les jours dimanche)
sept ou—sans exagérer—cinq assurément

moi au-delà de tout imaginaire humain;
là où,en cette époque d'espritetd'âme,sentir
qu'on n'est pas deux milliards d'autres non-soi suffit
à transir n'importe quel quasi raide déjà
—comment(me demande souvent)ce quelqu'un mourra?

mais tout aussi souvent ne répond qu'un sourire

12.

suppose
Life is an old man carrying flowers on his head.

young death sits in a cafe
smiling,a piece of money held between
his thumb and first finger

(i say "will he buy flowers" to you
and "Death is young
life wears velour trousers
life totters,life has a beard" i

say to you who are silent.—"Do you see
Life?he is there and here,
or that,or this
or nothing or an old man 3 thirds
asleep,on his head
flowers,always crying
to nobody something about les
roses les bluets
                              yes,
                                    will He buy?
Les belles bottes—oh hear
,pas chères")

12.

imagine
Vivre en vieillard portant des fleurs sur sa tête.

le jeune mourir est assis au café
il sourit,une pièce de monnaie entre
le pouce et l'index

(je te dis "va-t-il acheter des fleurs"
puis "Mourir est jeune
vivre a des pantalons de velours
vivre flageole,vivre est mal rasé" je

dis à toi qui es silencieuse.—"Vois-tu
Vivre?il est là et ici,
ou ceci,ou cela
ou rien ou un vieillard aux 3 tiers
endormi,des fleurs
sur la tête,criant sans cesse
à la cantonade les
roses les bleuets

yes,

achètera-t-Il?

Les belles bottes—écoute ça
,pas chères")

and my love slowly answered I think so.   But
I think I see someone else

there is a lady,whose name is Afterwards
she is sitting beside young death,is slender;
likes flowers.

et mon amour a lentement répondu Je pense. Mais
j'aperçois quelqu'un d'autre

il y a une dame,qui s'appelle Après
assise près du jeune mourir,elle est svelte;
aime les fleurs.

13.

there are 6 doors.
Next door(but
four)gentlemen are trinightly entertained by a whore
who Talks in the daytime,when who

is asleep with only several
faces and a multitude of chins:next door
but three dwells;a(ghost)Who
screams Faintly always

who Is bluish;next
Door but two occupy a man
and his wife:Both very young noisily
who kiss throw silently things

Each at other(if not
quarrelling in a luxury of telescoped
languages)she smokes three
castles He looks Jewish

,next door but One
a on Dirty bed Mangy from person Porous
sits years its of self fee(bly
Perpetually coughing And thickly spi) tting

But next door nobody
seems to live at present(l'on
parle de repapering;i
don't think so.maybe:somebody?)or,bedbugs

13.

il y a 6 portes.
Porte au bout(après
quatre)des messieurs sont trois par nuit reçus par une putain
qui Parle dans la journée,quand qui

est endormie avec seulement plusieurs
visages et une multitude de mentons:porte à côté
après trois réside;un(fantôme)Qui
crie Faiblement toujours

qui Est bleuâtre;porte
Suivante après deux est occupée par un homme
et sa femme:tous Deux très jeunes bruyamment
qui s'embrassent ou se lancent des choses

en Silence(quand ils ne se
querellent pas dans un luxe de langues
télescopées)elle enfume trois
casernes Lui a l'air juif

,porte suivante après Une
un sur son lit Crasseux Mité par sa personne poreuse
assoit des années de ça-même af(faibli
par une toux Perpétuelle Et d'épais crac)hats

Mais porte à côté personne
ne semble habiter pour l'instant(on
parle de retapisser;je
n'y crois pas.peut-être:quelqu'un?)ou,des punaises

14.

myself,walking in Dragon st
one fine August
night,i just
happened to meet

"how do you do" she smiling
said "thought you
were earning your living
or probably dead"

so Jones was murdered by
a man named Smith and
we sailed on the
Leviathan

14.

de moi-même,rue du Dragon
par une belle nuit d'août
me promenant,je viens tout
juste de faire la rencontre

"comment vas-tu" dit-elle
avec un sourire "je te croyais
gagnant ta vie ou
probablement mort"

ainsi fut Jones assassiné
par un homme nommé Smith et
nous voguâmes sur le
Léviathan

15.

i'd think "wonder

if" if
i were a
child "we can see a bat in this
twilight")
                there one is

look

how it goes   like   a dream
(and between houses,really a kind of
mouse)but he has little wings
and here's my
hotel this is the
door(opening it i

think things
which
were supposed to
be out of my
reach
          ,they are like
jam on the shelf everybody guessed

was too high)

15.

j'ai pensé "me demande

si" si
j'étais un
enfant "nous allons voir une chauve-souris
dans ce crépuscule")
                                        en voici une

regarde

comme elle va   comme   un rêve
(et entre les maisons,vraiment une sorte de
souris)mais avec de petites ailes
et voici mon
hôtel voici la
porte(l'ouvrant des

choses j'ose
penser
qui étaient supposées
hors de ma
portée
              ,elles sont comme
la confiture sur une étagère qu'on a crue

trop haute)

look

        (it's back again   there   therehere
And)i say "won't you"(remembering)
knowing that you
are afraid "go first" of dreams and little

bats & mice(and

                    you,
you say "let's" going in
"take
hands" smiling "coming up
these dark stairs.

regarde

(elle revient   là   là-ici
Et)je dis “veux-tu”(me souvenant)
sachant que tu as
peur “passer la première” des rêves et des petites

chauves & souris(et

toi,
tu dis “donnons” entrant
“-nous
la main” souriant “pour monter
cet escalier sombre.

16.

(a moving slowly through sunlight WorldWoman struggling with (glently in sun snowil(struGGling)ylight)worlds A world-voice crying to great eyes plucking for small hands her)worlds.

Créateur du ciel et de la terre,

et les bat(collid)(entangl)eaux(dis)(ing)&(crisp tini(now)-ly how fleet—Leap;stoopsailsing:veerbrighthulls!& l (a.the caught un,der al?ways wwaatteerrffaallll))young childdreams old

comment aurait-il des enfants,

& p lo dding l yd onk ey s nowflic(which,ear)urgedonby shY- cries & p:hi:los:ophi(pullings olemnl yaliv edollsi ncars)cally astare-goats disd.ainful o & merRygOrounD Especially The Trees The Avenues And gui("attention")Gardens(",monsieur!")gnol

lui qui n'a pas de compagne?

16.

(une avançant lentement au soleil FemmeMonde luttant contre des(doucement au neigeuse(luTTant)mentsoleil)mondes Une voix-monde criant vers de grands yeux allant cueillir les petites mains d'elle)mondes.

Créateur du ciel et de la terre,

et les bat(se heurt)(enchev)eaux(désen)(chevêtrent)&(l'ô combien minuscule impec(alors)cable flotte—bondit;foncevoguante! virentleurscoquesbrillantes!& l(un.celui pris so,us la tou?jours cchhuutteedd'eeaauu))jeune a des rêves d'enfant vieux

comment aurait-il des enfants,

& p at aud em e nt les ân e s remuentalors(quelle,oreille)aiguillonnéspar detimides-cris & p:hi:los:ophi(tirants olemnellement despoupéesv ivantesd ansdes arrioles)ques chèvres auregard déd.aigneux oh & les chevAuxdEboiS Et Surtout Les Arbres Les Avenues Et gui("attention")Gardens(",monsieur!")gnol

lui qui n'a pas de compagne?

Montparnasse

17.

workingman with hand so hairy-sturdy
you may turn O turn that airy hurdysturdygurdy
but when will turn backward O backward Time in your no
    thy flight
and make me a child,a pretty dribbling child,a little child.

In thy your ear:
en amerique on ne boit que de Jingyale.
things are going rather kaka
over there,over there.
yet we scarcely fare much better—

what's become of (if you please)
all the glory that or which was Greece
all the grandja
that was dada?

make me a child,stout hurdysturdygurdyman
waiter,make me a child.   So this is Paris.
i will sit in the corner and drink thinks and think drinks,
in memory of the Grand and Old days:
of Amy Sandburg
of Algernon Carl Swinburned.

Waiter a drink waiter two or three drinks
what's become of Maeterlinck
now that April's here?
(ask the man who owns one
ask Dad,He knows).

17.

travailleur à la main si barbue-robuste
tu peux tourner Oh tourner léger cet orgue de barbarobustrie
mais quand voudras-tu en arrière Ô Temps retourner ton vol
et me refaire enfant,joli et qui bave,un petit enfant.

Dans ton oreille:
en amérique on ne boit que de la Limonade.
les choses vont plutôt kaka
over there,là-bas.
mais nous n'avons guère mieux réussi—

que reste-t-il de(if you please)
toute la gloire que ou qui fut la Grèce
tout le grand truc
que fut dada?

refais-moi enfant,costaud barbarobustriste
garçon,refaites-moi enfant.   Ça,c'est Paris.
je m'assoirai dans le coin à boire des pensées et penser des
    boissons,
en souvenir de la Grande époque:
d'Amy Sandburg
d'Algernon Carl Swinburne.

Garçon un verre garçon deux ou trois verres
qu'est devenu Maeterlinck
maintenant qu'Avril est là?
(demande à l'homme qui en a une
demande à Papa,Il sait).

18.

moon over gaî
-té.a
sharp crone dodders between
taxis swirl hues crowds mov
-ing ing ing
among who dreams whom mutterings dream &

:the moon over death over edgar the
moon
        over smellings of gently smell of deads
(lovers grip sprawl twitch lovers)
& one dog?piglike big!sorrows

always;finally and always,the if like moon over moving
me—the
moon
m
ov—in

g
over(moving)you beautifully also;at

denfert the fat strongman has put
down his carpet from which rise slim curving mighty
children while a python over the way freezes
a serpent becomes a
rod smiles
the liontamer nearby hieroglyphs

18.

gaîté sous l
-une.une
vieille maligne clopine par-
mi taxis tournis de tohus cohues remu
-ant ant ant
au milieu de qui rêve rêvé par le brouhaha &

:la mort sous la lune edgar sous la
lune
        se hume l'arôme suave des inhumés
(amoureux s'agrippent vautrent crispent amoureux)
& un chien?porcin gros!chagrin

toujours;enfin et toujours,sous la lune en forme de si
ému—mo
i aussi s
ous
mo—bi

le la l
une(émouvante)belle toi aussi;à

denfert l'hercule gras a étalé son
tapis d'où vigoureux s'élèvent cambrés de sveltes
enfants tandis qu'en face un python gèle
un serpent se fait
bâton sourit
le dompteur de lions tout près des hiéroglyphes

soar dip
dip
soar equalling noise solemn

dolls re
-volve whirls wans rabbitsare:
swimswim
painted-with-horses-with-paintedwith
eyes and the.m

oon over juillet moon over s
-unday

O:
m
o
o
n
o
  (ver no(w ove(r all;
                              o
ver pinkthisgreen acr)o)greenthatpink)
acrobata

mong
trees climbing on
A

pi llarofch airso vertheseu pstareth oseings
over
(a hard a
hard a girl a girl)sing
-ing ing(ing
sing)ing a soft a song a softishsongly

montent plongent
plongent
montent avec autant de bruit de solennel

-les poupées vire-
voltent sinuentcygnes lapinssont:
nagenageant
décorés-de-chevaux-de-décorés-
d'yeux sous la.l

une juillet un républica
-injour

Oui:t
o
u
t
s
o
  us lune dés
                        o
r(mais(r ose ce vert acr)o;o)u vertecetterose
acrobateent

re
les arbres escaladant une p
I

le dech aisess ouslesé berlumentsd eceuxc eusant
deplusenplus sous
(une dure de
dure de fille de fille)chant
-ant ant(ant
chant)ant une douce de chanson d'une douchantante

v
 o
  i
   c
    e o
       ver
(whi!tethatr?apidly
legthelessne sssuc kedt oward
black,this

)roUnd ingrOundlngly rouNdar(round)ounDing
;ball
 ball
 ballll
 balllll

v
o
i
x
s
ous
(bla!ncceta?gilement
sansjamb esas piréd ansle
noir,ce

)roNd anTrondement(rond)Sur l'arRondissEment
;bal
ball
ballo
ballon

19.

this little
pair had a little scare
right in the middle of a bed bed
bed)when each other courted both
was very very thwarted)and
when which was aborted
what was dead dead dead)

whereupon mary
quite contrary didn't
die
(may be seen to inexactly pass and unprecisely
to repass where
flesh is heiry montparnasse
is goosed by raspail).

But he turned into a fair
y! a fair
y!!a
fair
y!!!
but she turned into a fair-y(and
it seems to be doing nicely

No Thanks, 18 (1933)

19.

cette jolie
paire a eu une jolie peur
au beau milieu du bord bord
du lit)quand l'un l'autre flirtaient tous deux
étaient très très embêtés(et
quand ce qui eut avorté
quoi était mort mort mort)

pour autant marie
point n'en
périt
(peut se voir qui passe inexactement et imprécisément
repasse où
la chair s'hérite montparnasse
se laisse pigeonner par raspail).

Mais le chéri s'en fit tant
e!t tant
e!!et
tant
e!!!
mais la chérie se fit tant-e(et
ça marche de façon épatante

Tuileries, Champs-Élysées

20.

of my
soul a street is:
prettinesses Pic-
abian tricktrickclickflick-er
garnished
of stark Picasso
throttling trees

hither
my soul
repairs herself with
prisms of sharp mind
and Matisse rhythms
to juggle Kandinsky gold-fish

away from the gripping gigantic
muscles of Cezanne's
logic,
        oho.
        a Street
there is

where strange birds   purr

20.

de mon
âme l'une des rues est:
toute en joliesses Pic-
abiennes tructrucclacclign-euses
meublée
de raides Picasso
étrangleurs d'arbres

ici
mon âme
se raccommode avec
des prismes d'esprit aigu
et des rythmes de Matisse
où jongle un poisson rouge Kandinsky

loin des gigantesques muscles
agrippants de la logique
de Cézanne,
                    oho.
                    une rue
il y a

où d'étranges oiseaux   ronronnent

21.

inthe,exquisite;

morning   sure   lyHer eye s exactly sit,ata little roundtable
among otherlittle roundtables   Her,eyes   count   slow(ly

obstre peroustimidi ties surElyfl)oat   iNg,the

ofpieces ofof sunligh tof fa l l in gof throughof treesOf.

(Fields Elysian

the like,a)slEEping neck a breathing a   ,lies
(slo wlythe wom an pa)ris her
flesh:wakes
                    in little streets

while exactlygir lisHlegs;play;ing;nake;D
and

chairs wait under the trees

Fields slowly Elysian in
a firmcool-Ness   taxis, s.QuirM

and,   b etw ee nch air st ott er s thesillyold
WomanSellingBalloonS

21.

dans,l'exquis;

du matin   sûre   mentSes yeu x s'assoient pile,àune petite tableronde
parmi d'autrespetites tablesrondes   Ses,yeux   comptent lent(ement

de turbu lentestimidi tés sûrEmentfl)ott   aNtes,les

detaches dede solei lde to m b an tau traversdes arbresDes.

(Champs-Élysées

la comme,un)cou endOrmI un souffle un   ,repose
(len tementla fem me pa)ris sa
chair:s'éveille
                    en des rues étroites

tandis que d'exacte mentfém inin eSjambes;jou;ent;nue;S
et

des chaises attendent sous les arbres

Champs lentement Élysées dans
une solidefraîch-Eur   taxis, f.RétilleNt

et,   e ntr el esc ha ise sc lop in e lavieilleidiote
QuiVendDesBallonS

In theex qui site

morning,

her sureLyeye s sit-ex actly her sitsat a surely!little,
roundtable amongother;littleexactly round.   tables,

Her

.eyes

Dans l’ex qui sdu

matin,
ses sûreMenty eux l’assoient-ex acte mentà une
    sûrement!petite,
tableronde parmid’autres;petitestables exactement.   rondes,

Ses
    .yeux

22.

Picasso
you give us Things
which
bulge:grunting lungs pumped full of sharp thick mind

you make us shrill
presents always
shut in the sumptuous screech of
simplicity

(out of the
black unbunged
Something gushes vaguely a squeak of planes
or

between squeals of
Nothing grabbed with circular shrieking tightness
solid screams whisper.)
Lumberman of The Distinct

your brain's
axe only chops hugest inherent
Trees of Ego,from
whose living and biggest

bodies lopped
of every
prettiness

you hew form truly

22.

Picasso
tu nous donnes des Choses
qui
s'enflent:des poumons grogneurs insufflés d'un tranchant
    esprit touffu

tu nous fais de stridents
cadeaux toujours
crispés dans le crissement somptueux de
la simplicité

(hors du
noir débondé
Quelque chose fait vaguement jaillir un glapissement des plans
ou

entre des piaillements de
Rien saisis de tensions circulaires hurlantes
de solides cris chuchotent.)
Bûcheron du Distinct

la cognée de ton
cerveau n'abat que les plus grands Arbres
inhérents à l'Ego,et de
leurs vivants et colossaux

corps émondés
de toute
joliesse

tu dégages véritablement la forme

23.

?

why are these pipples taking their hets off?
the king & queen
alighting from their limousine
inhabit the Hotel Meurice(whereas
i live in a garret and eat aspirine)

but who is this pale softish almost round
young man to whom headwaiters bow so?
hush—the author of Women By Night whose latest Seeds
Of Evil sold 69 carloads before
publication the girl who goes wrong you

know(whereas when i lie down i cough too
much). How did the traffic get so jammed?
bedad it is the famous doctor who inserts
monkeyglands in millionaires a cute idea n'est-ce pas?
(whereas,upon the other hand,myself)but let us next demand

wherefore yon mob
an accident?somebody got concussion
of the brain?—Not
a bit of it,my dears merely the prime
minister of Siam in native

23.

?

pourquoi ces gins ôtent leurs chépeaux?
le roi & la reine
atterrissant de leur limousine
descendent à l'Hôtel Meurice(alors que
je vis dans un galetas et me nourris d'aspirine)

mais qui est ce pâle jeune mollasson rondouillard
devant qui les maîtres d'hôtel s'inclinent si bas?
chut—l'auteur de Femmes La Nuit dont le récent Graines
Du Mal s'est vendu à 69 charretées avant
parution de une fille qui tombe vous

savez(alors que moi je tousse beaucoup quand
je me couche). Qu'est-ce qui provoque cet embouteillage?
pardi c'est ce fameux médecin qui greffe des testicules
de singe sur des milliardaires une chouette idée non?
(alors que,d'un autre côté,moi)mais encore une question

pourquoi c'te foule
un accident?quelqu'un frappé de
congestion?—Pas
le moins du monde mes chers,seulement le premier
ministre du Siam en costume

costume,who
emerging from a pissoir
enters abruptly Notre Dame(whereas
de gustibus non disputandum est
my lady is tired of That sort of thing

traditionnel,qui
sortant d'une pissotière
entre brusquement à Notre-Dame(alors que
de gustibus non disputandum est
ma dame est fatiguée de Ce genre de choses

24.

16 heures
l'Étoile

the communists have fine Eyes

some are young some old none
look alike the flics rush
batter the crowd sprawls collapses
singing knocked down trampled the kicked by
flics rush(the

flics,tidiyum,are
very tidiyum reassuringly similar,
they all have very tidiyum
mustaches,and very
tidiyum chins,and just above
their very tidiyum ears their
very tidiyum necks begin)
                                        let us add

that there are 50(fifty)flics for every
one(1)communist and
all the flics are very organically
arranged
and their nucleus(composed
of captains in freshly-creased
-uniforms with only-justshined
buttons

24.

16 heures
l'Étoile

les communistes ont de beaux Yeux

quelques-uns sont jeunes d'autres vieux tous
différents les flics se ruent et
cognent la foule s'étale effondre
chantant renversée piétinée bottée par
les flics se ruent(les

flics,rantanplan,sont
très rantanplan rassurément pareils,
tous avec de très rantanplan
moustaches,et de très
rantanplan mentons,et juste au-dessous
de leur très rantanplan oreilles
commencent leurs très rantanplan cous)
ajoutons

qu'il y a 50(fifty)flics pour
one(1)communist et
tous les flics sont très organiquement
disposés
et leur noyau(constitué
de capitaines en uniformes-repassés
-de-frais avec des boutons tout-
juste-astiqués

tidiyum
before and behind)has a nucleolus:
the Prefect of Police

(a dapper derbied
creature,swaggers daintily
twiddling
his tiny cane
and,mazurkas about tweaking
his wing collar pecking at his im

-peccable cravat directing being
shooting his cuffs
saluted everywhere saluting
reviewing processions of minions
tappingpeopleontheback

“allezcirculez”)

—my   he’s brave...
the
communists pick
up themselves friends
& their hats legs &

arms brush dirt coats
smile looking hands
spit blood teeth

the Communists have(very)fine eyes
(which stroll hither and thither through the
evening in bruised narrow questioning faces)

rantanplan
par-devant et par-derrière)a pour nucléole:
le Préfet de Police

(une pimpante créature
en chapeau melon,se pavane tout coquet
faisant des moulinets avec
sa fine canne
et,mazurque à droite à gauche pinç-
otant son col cassé picotant son im

-peccable cravate il chef-d'orchestre
fait jaillir ses manchettes
salué partout saluant
passe en revue des cortèges de sous-fifres
tapantlesgenssurl'épaule

"allezcirculez")

—dieu   qu'il est courageux...
les
communistes se ramassent
eux leurs amis
& leurs chapeaux jambes &

bras brossent poussière habits
sourient regardant mains
crachent sang et dents

les Communistes ont de(très)beaux yeux
(qui flânent çà et là dans le
soir le visage meurtri contracté perplexe)

25.

opening of the chambers close

quotes the microscopic pithecoid President
in a new frock
coat(scrambling all
up over the tribune dances crazily
&&)&
chatters about Peacepeacepeace(to
droppingly
descend amid thunderous anthropoid applause)pronounced

by the way Pay the

extremely artistic nevertobeextinguished fla
-me of the(very prettily indeed)arra-
nged souvenir of the in spite of himself fa
-mous soldier minus his na-
me(so as not to hurt the perspective of the(hei
-nous thought)otherwise immaculately tabulated vicinity)
    inveigles
a few mildly curious rai
-ned on people(both male and female
created He

then,   And every beast of the field

25.

rentrée des chambres fermez

les guillemets le microscopique Président pithécoïde
dans sa redingote
neuve(se hissant tout
en haut de la tribune danse follement
&&)&
papote de la Paixpaixpaix(puis
descend dégringolamment
sous un tonnerre d'applaudissements anthropoïdes)conclue

à propos de ce qui Paie cette

extrêmement artistique flamme qu'onn'éteindrajamais a
-ménagée(très joliment pa-
s vrai)en souvenir du malgré lui célèbre solda
-t sans nom(a-
vec le souci de ne pas nuire à la perspective(pensée a
-troce)par ailleurs impeccablement dessinée)ra-
cole quelques modérément curieux a
-rrosés par la pluie(et homme et femme
alors Il

créa, Et toutes les bêtes des champs

26.

along the brittle treacherous bright streets
of memory comes my heart,singing like
an idiot,whispering like a drunken man

who(at a certain corner,suddenly)meets
the tall policeman of my mind.
                                                            awake
being not asleep,elsewhere our dreams began
which now are folded:but the year completes
his life as a forgotten prisoner

—"Ici?"—"Ah non,mon chéri;il fait trop froid"—
they are gone:along these gardens moves a wind bringing
rain and leaves,filling the air with fear
and sweetness...pauses.   (Halfwhispering...halfsinging

stirs the always smiling chevaux de bois)

when you were in Paris we met here

26.

le long des traîtres rues fragiles et éclatantes
du souvenir avance mon cœur,chantonnant comme
un idiot,murmurant comme un ivrogne

qui(à un certain angle,soudain)aperçoit
le haut gendarme de mon esprit.
                                        être éveillé
n'étant dormir,ailleurs ont débuté nos rêves
à présent repliés:mais cette année achève
son existence tel un prisonnier oublié

—"Ici?"—"Ah non,mon chéri;il fait trop froid"—
ils sont partis:dans ces jardins passe un vent porteur
de pluie et de feuilles,emplissant l'air de peur
et de douceur...s'arrête.   (Mi-murmurant...mi-chantant

agite les toujours souriants chevaux de bois)

when you were in Paris on se retrouvait là

27.

32 bis, rue du Cotentin, Paris
January 7, Wednesday [1931]

Dear Mother

I've just returned from the place de la Concorde; whither went at an unearthly hour this morning & where waited on a traffic-island for 2½ hours. All with a view to viewing the obsequies of M. Joffre. Shouldn't have gone at all except that last night, after dinner, Anne and I and a Paris-inhabiting American arrived from Rouen (mighty fine town!) dined near the étoile, left our bags (temporarily) at the restaurant and hurried to le star—precisely as a cannon exploded, searchlights hozed the environs, any number of youths almost fell from the trees into which they'd climbed and "cinq minutes de silence" occurred. Much the noisiest silence, incidentally, which your correspondant ever heard. Then happened salutes, another cannon, passing of limousines under the arc—whereupon everyone went home. "Well" I said to myself "tomorrow must be better than that!" and so today found me freezing my feet at the Concorde.

Said funeral itself was distinctly no great shakes—only exciting element being the warrior's horse, much-panoplied and dancingly wondering what everything was about-but the trillions of nomillions who crammed the vicinity of the Crillon, standing on anything from "pliants" to chimneys and each other, provided a spectacle which nobody could easily or uneasily have imagined. Not one ounce of sentiment—save when two spectators failed to uncover at the proper moment: then dirty cracks re "bosh" and "pas français", (I was hatless,

27.

32 bis, rue du Cotentin, Paris
mercredi 7 janvier [1931]

Chère Mère

j'arrive de la place de la Concorde ; où suis allé à une heure indue ce matin & où j'ai attendu 2 heures ½ sur un îlot. Tout ça en vue de voir les obsèques de M. Joffre. N'y serais pas allé si ce n'est qu'hier soir Anne et moi et un Américain de Paris revenions de Rouen (ville rudement belle !) avions dîné près de l'étoile, laissé nos sacs (temporairement) au restaurant et couru vers l'étoile – juste au moment où un canon a tonné, des projecteurs ont arrosé les environs, quantité de jeunes ont failli tomber des arbres où ils avaient grimpé et « cinq minutes de silence » ont commencé. Le silence le plus bruyant, soit dit en passant, que ton correspondant ait jamais entendu. Suivirent des salves, un autre canon, un défilé de limousines sous l'arc – et tout le monde rentra chez soi. « Bon » me suis-je dit « ça devrait être mieux demain » et c'est ainsi que je me trouvais aujourd'hui à me geler les pieds à la Concorde.

Lesdites funérailles en elles-mêmes ne cassaient pas des briques – le seul truc excitant étant le cheval du guerrier, très déguisé et qui se dandinait se demandant ce qui se passait – mais les trillions de nonmillions agglutinés aux abords du Crillon, perchés sur n'importe quoi du « pliant » à la cheminée et vice versa, fournissaient un spectacle que personne n'aurait pu aisément ou difficilement imaginer. Pas une once de sentiment – sauf quand deux spectateurs ont omis de se découvrir au moment voulu : aussitôt des blagues ignobles sur les « boches » et les « pas français » (par chance, j'étais sans

fortunately, at the moment). Everyone taking the show as a free-for-all picnic crossed with a universal vaudeville. Or as one woman remarked when her friend asked her if she'd seen the horse?—"There isn't a dragon?"

Selected Letters, 90

chapeau à ce moment-là). Tout le monde prenant le spectacle pour un pique-nique désordonné doublé d'un music-hall universel. Ou comme l'a remarqué une femme quand son ami lui a demandé si elle avait vu le cheval : « Mais où est le dragon ? »

28.

yes but even

4 or(&
h
ow)dinary
a

meri

can b
usiness soca
lled me
n dis

cussing “parity” in l’hô

tel nor
man(rue d
e l’échelle)
die can’t

quite poison God’s sunlight

28.

certes mais même

le quatuor or
(& co
mbien)dinaire
d'a

meri

can b
usiness soi-d
isant me
n dis

cutant "monnaies" à l'hô

tel nor
man(rue d
e l'échelle)
die n'arrive

à souiller la lumière de Dieu

Grands Boulevards, Pigalle

29.

little ladies more
than dead exactly dance
in my head,precisely
dance where danced la guerre.

Mimi a
la voix fragile
qui chatouille Des
Italiens

the putain with the ivory throat
Marie-Louise Lallemand
n'est-ce pas que je suis belle
cheri? les anglais m'aiment
tous,les américains
aussi..."bon dos,bon cul de Paris"(Marie
Vierge
Priez
Pour
Nous)

with the
long lips of
Lucienne which dangle
the old men and hot
men se promènent
doucement le soir(ladies

29.

de petites femmes plus
que mortes dansent exactement
dans ma tête,précisément
dansent où a dansé la guerre.

Mimi à
la voix fragile
qui chatouille Des
Italiens

the putain à la gorge d'ivoire
Marie-Louise Lallemand
n'est-ce pas que je suis belle
chéri? les anglais m'aiment
tous,les américains
aussi..."bon dos, bon cul de Paris"(Marie
Vierge
Priez
Pour
Nous)

avec les
longues lèvres
ballantes de Lucienne
les hommes vieux les
hommes chauds se promènent
doucement le soir(ladies

accurately dead les anglais
sont gentils et les américains
aussi,ils payent bien les américains dance

exactly in my brain voulez-
vous coucher avec
moi? Non? pourquoi?)

ladies skilfully
dead precisely dance
where has danced la
guerre j'm'appelle
Manon,cinq rue Henri Monnier
voulez-vous coucher avec moi?
te ferai Mimi
te ferai Minette,
dead exactly dance
si vous voulez
chatouiller
mon lezard ladies suddenly
j'm'en fous des nègres

(in the twilight of Paris
Marie Louise with queenly
legs cinq rue Henri
Monnier a little love
begs,Mimi with the body
like une boîte à joujoux,want nice sleep?
toutes les petites femmes exactes
qui dansent toujours in my
head dis-donc,Paris

assurément mortes les anglais
sont gentil et les américains
aussi,ils payent bien les américains dansent

exactement dans mon cerveau voulez-
vous coucher avec
moi? Non? pourquoi?)

ladies habilement
mortes précisément dansent
où a dansé la
guerre j'm'appelle
Manon,cinq rue Henri Monnier
voulez-vous coucher avec moi?
te ferai Mimi
te ferai Minette,
dead exactly dance
si vous voulez
chatouiller
mon lézard ladies tout à coup
j'm'en fous des nègres

(au crépuscule de Paris
Marie-Louise aux jambes de
reine cinq rue Henri
Monnier un little love
quémande,Mimi au corps
comme une boîte à joujoux,want nice sleep?
toutes les petites femmes exactes
qui dansent toujours in my
head dis-donc,Paris

ta gorge mysterieuse
pourquoi se promène-t-elle,pourquoi
éclate ta voix
fragile couleur de pivoine?)
                                                        with the

long lips of Lucienne which
dangle the old men and hot men
precisely dance in my head
ladies carefully dead

ta gorge mystérieuse
pourquoi se promène-t-elle,pourquoi
éclate ta voix
fragile couleur de pivoine?)
                                        with the

long lips of Lucienne which
dangle the old men and hot men
precisely dance in my head
ladies carefully dead

30.

goodby Betty,don't remember me
pencil your eyes dear and have a good time
with the tall tight boys at Tabari'
s,keep your teeth snowy,stick to beer and lime,
wear dark,and where your meeting breasts are round
have roses darling,it's all i ask of you—
but that when light fails and this sweet profound
Paris moves with lovers,two and two
bound for themselves,when passionately dusk
brings softly down the perfume of the world
(and just as smaller stars begin to husk
heaven)you,you exactly paled and curled

with mystic lips take twilight where i know:
proving to Death that Love is so and so.

30.

goodbye Betty,ne te souviens pas de moi
crayonne tes yeux et prends du bon temps
au bal Tabarin serrée parmi les grands gars,
conserve tes dents de neige,au citron-bière tiens-t'en,
vêts-toi de noir,et là où se touchent tes seins ronds
porte une rose darling,c'est tout ce que je veux—
surtout quand le jour baisse et que ce doux profond
Paris marche avec les amoureux,deux à deux
partant vers eux-mêmes,lorsque avec passion le soir
fait descendre en douceur un parfum sur terre(juste
comme de petites étoiles commencent à écailler
le ciel)toi,exactement toi poudrée frisée

entre tes mystiques lèvres attrape le crépuscule:
prouvant à la Mort que l'Amour est ci et ça.

31.

The moon-lit snow is falling like strange candy into the big eyes of the little people with smiling bodies and wooden feet

hard thick feet full of toes

left-handed kiss

I think Berthe is the snow,and comes down into all corners of the city with a smelling sound. The moon shines all green in the snow.

then saw I 1 Star cold in the nearness of sunset. the face of this star was a woman's and had worked hard. the cheeks were high and hard,it powdered them in a little mirror before everybody saying always nothing at all. The lips were small and warped,it reddened them. Then one cried to it & it cried Je viens and went on looking at itself in the little mirror saying always nothing—
Then I ask the crowding orange—how is that star called? she answers Berthe,changing into a violet very stealthily
O with whom I lay
Whose flesh is stallions
Then I knew my youth trampled with thy hooves of nakedness

23years lying with thee in the bed in the little street off the Faubourg Montmartre

tongue's cold wad knocks

31.

La neige sous la lune tombe comme d'étranges bonbons dans les grands yeux des petites gens aux corps souriants et aux pieds de bois

pieds durs épais pleins d'orteils

baisers gauchers

Je me dis Berthe est la neige,et elle descend dans les coins de la ville avec un bruit odorant. La lune brille toute verte sur la neige.

puis j'ai vu 1 Étoile froide à proximité du couchant. cette étoile avait un visage de femme qui avait travaillé dur. ses joues étaient hautes et dures,elle les avait poudrées dans un petit miroir devant tout le monde ne disant toujours absolument rien. Sur ses petites lèvres déformées elle remettait du rouge. Puis quelqu'un l'avait hélée & elle avait crié Je viens continuant à se regarder dans le petit miroir en marchant ne disant toujours rien—Puis je demande à l'orange s'approchant—comment s'appelle cette étoile? Berthe répond-elle,se changeant en violette subrepticement
Ô avec qui je couche
Dont la chair est des étalons
Puis j'ai su ma jeunesse piétinée par les sabots de la nudité

23ans couchant avec toi dans le petit lit de la petite rue près du Faubourg Montmartre

frappe la ouate froide de sa langue

32.

the bed is not very big

a sufficient pillow shoveling
her small manure-shaped head

one sheet on which distinctly wags

at times the weary twig
of a neckless nudity
(very occasionally budding

a flabby algebraic odour

jigs
      et tout en face
always wiggles the perfectly dead
finger of thitherhithering gas.

clothed with a luminous fur

poilu

        a Jesus sags
in frolicsome wooden agony).

32.

le lit n'est pas très grand

un oreiller suffit pour pelleter
sa petite tête en forme de fumier

un drap sur quoi distinctement

frétille par moments la très lasse
brindille d'une nudité sans cou
(très occasionnellement bou-

rgeonnant une algébrique odeur

se trémousse flasque
                                        et tout en face
toujours gigote parfaitement mort
un doigt de gaz qui vient et va.

vêtu d'une lumineuse pelisse

de poilu

                    un Jésus glisse
en folâtre agonie de bois)

33.

how this uncouth enchanted
person,arising from a
restaurant,looks breathes or moves
—climbing(past light after
light)to turn,disappears

the very swift and
invisibly living
rhythm of your Heart possibly

will understand;
or why(in

this most exquisite of cities)all
of the long night a fragile imitation of
(perhaps)myself carefully wanders
streets dark and,deep

with rain...

(he,slightly whom or
cautiously this person

and this imitation resemble,
descends into the earth with the year
a cigarette between his ghost-lips

33.

comment ce grossier personnage
ensorcelé,émergeant d'un
restaurant,regarde respire ou bouge
—et grimpant(de lumière en
lumière)pour tourner,disparaît

le très rapide et
invisiblement vivant
rythme de ton Cœur peut-être

le comprendra;
ou pourquoi(dans

cette ville excessivement exquise)tout
une longue nuit une fragile imitation de
(peut-être)moi erre avec précaution
dans des rues sombres et,profondes

de pluie...

(lui,à qui vaguement ou
prudemment ce personnage

et cette imitation ressemblent,
s'enfonce dans la terre avec l'année
une cigarette à ses lèvres fantômes

gradually)
remembering badly,softly
your
kissed thrice suddenly smile

peu à peu)
se souvenant mal,et doux
de ton
trois fois embrassé soudain sourire

34.

Nobody wears a yellow
flower in his buttonhole
he is altogether a queer fellow
as young as he is old

when autumn comes,
who twiddles his white thumbs
and frisks down the boulevards

without his coat and hat

—(and i wonder just why that
should please him or i wonder what he does)

and why(at the bottom of this trunk,
under some dirty collars)only a
moment
(or
was it perhaps a year)ago i found staring

me in the face a dead yellow small rose

is 5, Four, XIII (1924)

34.

Personne porte une fleur
jaune à sa boutonnière
c'est en tout point un drôle de type
aussi jeune qu'il est vieux

quand vient l'automne,
il tourne ses pouces blancs
et se balade sur les boulevards

sans manteau ni chapeau

—(je me demande seulement pourquoi ça
lui plait ou me demande ce qu'il fait)

et pourquoi(au pied de ce tronc,
sous des faux cols crasseux)il n'y a
qu'un instant
(ou
était-ce plutôt un an)j'ai trouvé me fixant

bien en face une petite rose jaune morte

35.

VIVE LA FOLIE!

In the old days—not the very old days either, but the long lost days of a few years ago—your correspondent was no more addicted to the so-called "Serious drama" than he is at present. Although at that time, even as now, inhabiting Paris (which metropolis takes the serious drama super-seriously) he never willingly met an honest-to-God footlight face to face. But this does not mean that he neglected the theatre. Far from it! There were and are. in Paris, plenty of dishonest-to-God footlights, plenty of plotless dramas, plenty of "light" spectacles—and our article is devoted to a few of their many seductions and intricacies.

Be it added. that, to employ the adjective "light" with reference to the art of the *Concert Mayol*, the *Casino de Paris*, the *Moulin Rouge* and (last but far from least) the *Folies Bergère*, is to be guilty of a somewhat atrocious inaccuracy. For the type of spectacle which flourishes within said temples of mirth and amusement and which is universally designated by the word "revue" is extremely fundamental—no more light, forsooth, than the stupid trickeries and clumsy alexandrines of a *Théâtre Français* are dramatic. [...]

The latest and most astounding development of the Parisian revue is announced, by a Parisian journal, called *Ève*, in these terms:

"The Negro is more than ever in favour since the invasion of Jazz and American dances. In the new revue at the *Folies Bergère* called *La Folie du Jour*, there is a Negress, Josephine Baker, who is the great *vedette*. In truth, when one looks, one sees a mulatto

35.

VIVE LA FOLIE !

Dans l'ancien temps – pas le très ancien temps, mais les beaux jours perdus d'il y a peu – votre correspondant n'était pas plus mordu du soi-disant « drame sérieux » qu'il ne l'est aujourd'hui. À cette époque, bien qu'habitant Paris (où le drame sérieux est pris très au sérieux) il a rarement fréquenté les salles décentes. Ce qui ne signifie pas qu'il ait négligé le théâtre. Loin de là ! Il y avait et il reste à Paris plein de salles indécentes, de drames décousus, de spectacles « légers » – cet article a trait à quelques-unes de leurs nombreuses séductions et complexités.

Ajoutons qu'employer l'adjectif « léger » à propos du Concert Mayol, du Casino de Paris, du Moulin Rouge et (*last but not least*) des Folies Bergère, c'est commettre une atroce inexactitude. Car le type de spectacle, partout désigné par le mot « revue », qui prospère dans lesdits temples du rire et de l'amusement, est absolument fondamental – pas plus léger, en fait, que les stupides supercheries et les alexandrins boiteux du Théâtre Français ne sont dramatiques. [...]

Le développement le plus récent et le plus stupéfiant de la revue parisienne est annoncé par le magazine parisien *Ève* en ces termes :

« Le Nègre est plus que jamais en vogue depuis l'invasion du Jazz et des danses américaines. Dans la nouvelle revue des Folies Bergère intitulée *La Folie du Jour*, c'est une Négresse, Joséphine Baker, qui est la grande vedette. En fait, quand on regarde, on voit une mulâtresse aux formes élancées d'Anglo-Saxonne, mais le visage, les gestes, les danses et même la voix gardent tout le

with the sleek figure of the Anglo-Saxon, yet the face, the gestures, the dances, even the voice, retain all the rhythm and all the strangeness of her original race." And, as the immortal Bert Savoy would have said, "You don't know the half of it, dearie."

Josephine Baker will immediately suggest, to all addicts of the plotless drama, one peculiarly genuine spectacle entitled *The Chocolate Dandies*. For it was this revue which gave Miss Baker a microscopic, but notable, opportunity to "strut her stuff." As a member of the *Dandies* chorus, she resembled some tall, vital, incomparably fluid nightmare which crossed its eyes and warped its limbs in a purely unearthly manner some vision which opened new avenues of fear, which suggested nothing but itself and which, consequently, was strictly aesthetic. It may seem preposterous that this terrifying nightmare should have become the most beautiful (and beautiful is what we mean) star of the Parisian stage. Yet such is the case. The black star, "*aux formes élancées d'Anglo-Saxonne*," has accomplished precisely this transformation, and at the tender age of twenty.

Miss Baker, it seems, came to the *Folies Bergère* after participating in a Negro show which was taking Paris by storm. But when *les girls* of this show appeared "as is" and then "shook that thing" the good Parisians (than whom no people on earth can be more respectable) objected, and objected so strenuously that *les girls* were compelled to don a respectable semi-nudity. At least so the story goes. Anyhow, Miss Baker escaped to the *Folies Bergère*. And at the *Folies Bergère*, as your humble servant can testify, there is nothing in the least respectable, seminude, or otherwise unsatisfactory about Miss Baker's getup—which consists of a few bananas and not too much jewelry. In brief, the *Folies Bergère* permits Josephine Baker to appear—for the first time on any stage—as herself.

Herself is two perfectly fused things: an entirely beautiful body and a beautiful command of its entirety. Her voice (simul-

rythme et toute l'étrangeté de sa race d'origine. » Ou, comme l'immortel Bert Savoy aurait dit : « T'en connais pas la moitié, chérie. »

Joséphine Baker, à tous les mordus du drame décousu, rappellera aussitôt un spectacle des plus originaux intitulé *The Chocolate Dandies*. C'est dans cette revue que Miss Baker a eu l'occasion microscopique mais notable d'« exhiber son talent ». Dans la troupe des *Dandies*, elle ressemblait à une sorte de cauchemar élancé, vital, étonnamment fluide, croisant ses yeux et tordant ses membres d'une façon purement surnaturelle – vision qui ouvrait de nouvelles avenues à la peur, qui ne suggérait rien d'autre qu'elle et s'avérait strictement esthétique. Il peut sembler incroyable que ce terrifiant cauchemar soit devenu l'étoile la plus belle (et c'est de beauté qu'il s'agit) de la scène parisienne. Mais c'est le cas. L'étoile noire « aux formes élancées d'Anglo-Saxonne » a accompli cette métamorphose à l'âge tendre de vingt ans.

Miss Baker semble être venue aux Folies Bergère après avoir participé à un spectacle nègre qui avait déclenché une tempête à Paris. Quand *les girls* y étaient apparues « telles que » et avaient « secoué la chose », les bons Parisiens (qui plus que tout peuple sur terre peuvent se montrer respectables) objectèrent, et si fortement, que les girls furent obligées de revêtir une respectable semi-nudité. C'est du moins ce qu'on raconte. Toujours est-il que Miss Baker s'échappa aux Folies Bergère. Et là, votre humble serviteur peut en témoigner, il n'est rien qui soit le moins du monde respectable, semi-nu, ou autrement insatisfaisant dans la tenue de Miss Baker – qui consiste en quelques bananes et nul autre bijou. Bref, les Folies Bergère ont permis à Joséphine Baker d'apparaître – pour la première fois sur scène – telle qu'elle est.

Ce qu'elle est fusionne deux choses à la perfection : un corps entièrement beau et une belle maîtrise de cette entièreté. Sa voix (à la fois vulgaire et exquise – lumineuse comme certaines voix

taneously uncouth and exquisite—luminous as only certain voices are luminous) is as distinctly a part of this body as are her gestures, which emanate a spontaneous or personal rigidity only to dissolve it in a premeditation at once liquid and racial. She enters the show twice: first—through a dense electric twilight, walking backwards, on hands and feet, legs and arms stiff, down a huge jungle tree—as a creature neither infrahuman nor superhuman, but somehow both; a mysteriously unkillable Something, equally nonprimitive and uncivilized or, beyond time in the sense that emotion is beyond arithmetic. This stark and homogeneous glimpse is isolated, heightened and developed by a series of frivolously complicated scenes (Whose Handkerchief Is It? The Language of Flowers, Oh the Pretty Sins, Bewitched and A Feast at Versailles) whereby we are swiftly and surely conducted to that unique phenomenon of noise and naughtiness, the Intermission.

And still we find ourselves remembering the jungle.

Nor does the jungle release us from its enchantment until the middle of Act 2; when a vast egg very gradually descends from the topmost ceiling of the theatre to the level of the orchestra, opens, and emits a wand of golden flesh—a wand which struts and dances, a lithe and actual wand which blossoms unbelievably in authentic forms of love and death. Whereupon, from all parts of the audience, surges a gigantic wave of protest. Cries of "disgusting" mingle with gasps of "how shocking!" and wails of "how perfectly disgusting!" Horrified ladies cover their faces or hasten from the polluted environs. Outraged gentlemen shout, stamp or wave their arms angrily. And still Josephine Baker dances—a dance neither of doom nor of desire, but altogether and inevitably of herself.

Such, or nearly such, being the inexcusably alive protagonist of the revue at the *Folies Bergère*, we have at last found an answer to our question: "What is the revue?"

peuvent l'être) fait aussi clairement partie de son corps que ses gestes, d'où une rigidité spontanée ou personnelle n'affleure que pour se dissoudre dans une préméditation à la fois fluide et raciale. Elle apparaît deux fois dans le spectacle. La première – sous un dense crépuscule électrique, allant à reculons, sur les mains et les pieds, les jambes et les bras raides, jusqu'à un immense arbre tropical – telle une créature ni sous-humaine ni surhumaine, mais un peu les deux ; une Chose mystérieusement immortelle, tout aussi non primitive qu'incivilisée, au-delà du temps au sens que l'émotion est au-delà de l'arithmétique. Cette vision forte et homogène est mise en valeur par une succession de scènes frivolement compliquées (*À qui est ce mouchoir ? Le langage des fleurs*, *Oh les jolis péchés*, *Ensorcelée*, *Une fête à Versailles*) qui nous amène sûrement et promptement à ce phénomène unique de bruit et de grivoiserie, l'entracte.

Et encore continuons-nous à être habités par la jungle.

L'enchantement de la jungle ne nous lâche pas jusqu'au milieu du second acte ; lorsqu'un gros œuf descend peu à peu des cintres au niveau de l'orchestre, où il s'ouvre et délivre une baguette magique de chair dorée – baguette qui se pavane et danse, agile et agissante baguette qui s'épanouit incroyablement en d'authentiques formes d'amour et de mort. De toutes les parties du public surgit alors une gigantesque vague de protestation. Aux cris de « dégoûtant » se mélangent les clameurs « quel scandale ! » et les éclats « parfaitement dégoûtant ! » Des dames horrifiées se couvrent les yeux et fuient ces lieux de perdition. Des gentlemen outragés hurlent, tapent du pied, agitent les bras de colère. Et Joséphine Baker continue à danser – une danse ni fatale ni de désir, mais totalement et inévitablement elle.

Tels, ou presque tels, étant les protagonistes inexcusablement vivants d'une revue aux Folies Bergère, nous avons trouvé une réponse à la question « qu'est-ce qu'une revue ? ».

The revue is not (as Earl Carroll and mast European producers think) a mammoth exhibition of boudoir-paintings-come-to-life and is not (as F. Ziegfeld, Jr., pretends to believe) a "glorification" of some type of female "beauty." By the laws of its own structure, which are the irrevocable laws of juxtaposition and contrast, the revue is a use of everything trivial or plural to intensify what is singular and fundamental. In the case of the *Folies Bergère*, the revue is a use of ideas, smells, colours, Irving Berlin, nudes, tactility, collapsible stairs, three dimensions and tire works to intensify Mlle. Josephine Baker.

La revue n'est pas (comme Earl Carroll et la plupart des producteurs européens le pensent) une exposition mammouth de tableaux-vivants-de-boudoir, ni (comme Florenz Ziegfield feint de le croire) la « glorification » d'un certain type de « beauté » féminine. Mais par les lois de sa propre structure, qui sont les lois irrévocables de la juxtaposition et du contraste, la revue use de tout ce qu'il y a de futile et de pluriel pour intensifier ce qui est singulier et fondamental. Aux Folies Bergère, la revue fait usage d'idées, odeurs, couleurs, Irving Berlin, nus, tactilités, escaliers escamotables, trois dimensions, feux d'artifice, pour intensifier Mlle Joséphine Baker.

Bastille, Nation, Charonne

36.

THE RAIN IS A HANDSOME ANIMAL

Whereupon i seize a train and suddenly i am in Paris toward night,in Mai. Along the river trees are letting go scarcely and silently wisps,parcels of incense,which drop floatingly through a vista of talking moving people;timidly which caress hats and shoulders,wrists and dresses;which unspeakingly alight upon the laughter of men and children,girls and soldiers. In twilight these ridiculous and exquisite things descendingly move among the people,gently and imperishably. People are not sorry to be alive. People are not ashamed. People smile,moving gaily and irrevocably moving through twilight to The Gingerbread Fair. I am alive,I go along too,I slowly go up the vista among the hats and soldiers,among the smiles and neckties,the kisses and old men,wrists and laughter. We all together irrevocably are moving,are moving slowly and gaily moving. Intricately the shoulders of us and our hats timidly are touched by a million absurd hinting things;by wisps and by women and by laughter and by forevenwhile,upon our minds,fasten beautifully and close the warm tentacles of evening.

Etcetera, The Twenties, III, I (1921)

36.

LA PLUIE EST UN BEL ANIMAL

Sur quoi j'attrape un train et soudain me retrouve à Paris avant la nuit,en mai. Au bord du fleuve des arbres laissent aller ici-là en silence des pétales,paquets de senteurs,qui tombent en planant sur une perspective de piétons bavardant;timidement qui caressent chapeaux épaules,robes et poignets;qui muettement atterrissent sur des rires d'hommes et d'enfants,de filles et de soldats. Au crépuscule ces choses exquises et ridicules descendent au milieu des gens,doucement et impérissablement. Les gens ne regrettent pas d'être vivants. Ils ne sont pas honteux. Ils sourient,avancent gaîment et irrévocablement se dirigent dans le crépuscule vers la Foire aux pains d'épice. Je suis vivant, je vais avec la foule,je remonte lentement la perspective parmi chapeaux et soldats,parmi sourires et cravates,embrassades et vieillards,poignets et rires. Nous tous irrévocablement avançons,avançons lentement et gaîment avançons. S'entremêlent les épaules de nous et nos chapeaux timidement sont touchés par un million de frôlements;par des pétales et par des femmes et des rires et par toujours:tandis que sur nos esprits,se pressent magnifiquement et se referment les chauds tentacules du soir.

37.

it really must
be Nice,never to

have no imagination)or never
never to wonder about guys you used to(and them
slim hot queens with dam next to nothing

on)tangoing
(while a feller tries
to hold down the fifty bucks per
job with one foot and rock a

cradle with the other)it Must be
nice never to have no doubts about why you
put the ring
on(and watching her
face grow old and tired to which

you're married and hands get red washing
things and dishes)and to never,never really wonder i
mean about the smell
of babies and how you

know the dam rent's going to and everything and never,never
Never to stand at no window
because i can't sleep(smoking sawdust

cigarettes in the
middle of the night

is 5, One, XIII (1922)

37.

ça doit être
vraiment Bien,n'avoir

aucune imagination)ou jamais
jamais ne se poser de question sur les gars avec qui on(ces
minces reines chaudes avec bon sang quasi rien

sur elles)danse le tango
(tandis qu'un coco essaie
de retenir les cinquante biffetons par
turbin d'un pied en remuant

le berceau de l'autre)ça Doit être
bien de ne jamais se demander pourquoi on
s'est mis la bague
au doigt(et de voir son
visage qui vieillit sa fatigue à celle

qu'on a épousée et ses mains rougies à faire
la lessive et la vaisselle)et jamais,non jamais ne se poser
de questions sur je veux dire l'odeur
des bébés et comment on

fait pour le fichu loyer et tout et jamais,jamais
Jamais ne se tenir à aucune fenêtre
parce que je ne peux dormir(fumant des cigarettes

de sciure au
milieu de la nuit

38.

ondumonde"

(first than caref
ully;pois
edN-o wt he
n
,whysprig
sli

nkil
-Y-
strol(pre)ling(cise)dy(ly)na(
mite)

:yearnswoons;

&Isdensekil-
ling-whipAlert-floatScor
ruptingly)

ça-y-est
droppe5
qu'est-ce que tu veux
Dwrith
il est trop fort le nègre
esn7othingish8s
c'est fini
pRaW,lT;O:

38.

ondumonde"

(tôt que prude
nt;bal
lançantI-c il à
des
,broutilles
sub

reptice
-S-
pro(pré)mène(ci)sa(sé)dy(ment)na(
mite)

:languitdéfaille;

&Asd'uncoupsas-
sine-fouetteAlerte-flotteCor
rupteur)

ça-y'est
autap5
qu'est-ce-que-tu-veux
iSsetor
l'est-trop-fort-le-nègre
dré7duitàrien8se
c'est-fini
tRaîN,eJuSq;U'À:

allons
9
&
.

(musically-who?
pivoting)
SmileS

“ahlbrhoon

allons
9
&
.

(musical-qui?
pivotant)
SouriT

“albroune

39.

red-rag and pink-flag
blackshirt and brown
strut-mince and stink-brag
have all come to town

some like it shot
and some like it hung
and some like it in the twot
nine months young

39.

haillons rouges et roses pavillons
chemises brunes et noires
frime fétide et bide vantard
sont arrivés des environs

certains l'aiment au poteau
et d'autres à la potence
certaines l'aiment dans la fente
de neuf mois gros

40.

i am a little church(no great cathedral)
far from the splendor and squalor of hurrying cities
—i do not worry if briefer days grow briefest,
i am not sorry when sun and rain make april

my life is the life of the reaper and the sower;
my prayers are prayers of earth's own clumsily striving
(finding and losing and laughing and crying)children
whose any sadness or joy is my grief or my gladness

around me surges a miracle of unceasing
birth and glory and death and resurrection:
over my sleeping self float flaming symbols
of hope,and i wake to a perfect patience of mountains

i am a little church(far from the frantic
world with its rapture and anguish)at peace with nature
—i do not worry if longer nights grow longest;
i am not sorry when silence becomes singing

winter by spring,i lift my diminutive spire to
merciful Him Whose only now is forever:
standing erect in the deathless truth of His presence
(welcoming humbly His light and proudly His darkness)

95 Poems, 77 (1956)

40.

je suis une petite église(pas une grande cathédrale)
loin du splendide et du sordide où les villes se hâtent
—peu m'inquiète si les jours les plus courts raccourcissent,
rien ne regrette quand soleil et pluie font avril

ma vie est la vie du moissonneur et du semeur;
mes prières sont prières de l'acharné maladroit
(qui trouve et perd et rit et pleure)enfant de la terre
dont toute tristesse ou joie me met en peine ou liesse

autour de moi déferle un continuel miracle
de naissance et gloire et mort et résurrection:
sur mon être endormi flottent d'enflammés symboles
d'espoir,et je m'éveille à la grande patience des montagnes

je suis une petite église(loin du monde frénétique
qui angoisse ou ravit)en paix avec la nature
—peu m'inquiète si les nuits les plus longues se rallongent;
rien ne regrette quand le silence devient chantant

d'hiver en printemps,j'élève ma minuscule flèche vers
Lui plein de grâce Dont l'à-présent seul est à jamais:
bien droite en l'immortelle vérité de Sa présence
(humble accueillant Sa lumière et fière Ses ténèbres)

Repères biographiques

1894 : Naissance à Cambridge, Mass, le 14 octobre. Depuis l'année précédente, son père, trente-trois ans, enseigne la sociologie à l'université Harvard. Sa mère a trente-cinq ans.

1899 : Achat de Joy Farm, près de Madison, New Hampshire. Son père y construira une maison.

1900 : Premiers jeux poétiques. Son père devient pasteur unitarien.

1901 : Naissance de sa sœur Elizabeth.

1909 : Son oncle George lui offre un traité de versification.

1911-1916 : Études de lettres classiques à Harvard.

1917 : Arrivée à New York en janvier. Mai-juin : cinq semaines à Paris avec Slater Brown en attente d'incorporation, puis ambulancier aux environs de Noyon, Oise. Incarcéré pour pacifisme à La Ferté-Macé, Orne, du 23 septembre au 19 décembre.

1918 : Retour à New York. En mai, début d'une liaison avec Elaine Orr, épouse de son ami Scofield Thayer. Service militaire de juillet à janvier 1919.

1919 : Naissance de Nancy Thayer, sa fille, le 20 décembre.

1921-1923 : Séjour à Paris de deux ans et demi, en partie avec Elaine et Nancy. En juin 1921, rencontre d'Ezra Pound. En Italie, avec Brown, en octobre et novembre 1921; avec Elaine, en janvier.
1923 : Vit de ses collaborations au mensuel *The Dial*, racheté par Scofield Thayer.

1924 : En mars, épouse Elaine, dont il divorce à Paris en décembre.

1925 : Installation au 4, Patchin Place, New York. Fréquente Hart Crane. Prix du *Dial*. Collabore à *Vanity Fair* jusqu'en 1927.

1926 : À Paris et en Italie avec Anne, ex-mannequin, d'avril à juillet. Lit Freud. Mort accidentelle de son père le 2 novembre.

1928 : Printemps à Paris avec sa mère et Anne.

1929 : En mai, il épouse Anne, avec qui il part vivre à Paris jusqu'en juillet 1931, revenant l'été à Joy Farm que sa mère vient de lui donner.

1931 : Du 10 mai au 14 juin, voyage en URSS.

1932 : Se sépare d'Anne, dont il divorcera en 1934. Rencontre Marion Morehouse, modèle et photographe, avec qui il vivra maritalement jusqu'à sa mort.

1933 : Bourse Guggenheim. À Paris avec Marion d'avril à octobre.

1935 : Resserre ses liens épistolaires avec Pound.

1938-1939 : Sérieuses difficultés financières.

1941 : Premiers problèmes de santé.

1945 : Succès de *1 x 1*. Participe à la défense de Pound.

1946 : En septembre, à Joy Farm, reçoit Nancy, vingt-sept ans, mariée, un fils. Lui révélera qu'elle est sa fille deux ans plus tard.

1947 : Mort de sa mère en janvier.

1950 : Prix de la revue *Poetry*. Bourse de l'Academy of American Poets.

1951 : Bourse Guggenheim. Mai-juin en Europe, pour la première fois depuis 1937.

1952-1953 : « Inconférencier » à l'université Harvard d'octobre à mai.

1955-1962 : Ses lectures publiques contribuent à le rendre célèbre.

1956, 1959, 1960 : Voyages en Europe.

1957 : En juin au Boston Art Festival, 7 000 auditeurs.

1958 : Prix Bollingen de l'université Yale.

1962 : Meurt d'une hémorragie cérébrale, à Joy Farm, le 2 septembre.

Illustrations

L'éditeur remercie la Houghton Library, Harvard University, d'autoriser la reproduction de dessins conservés parmi les E. E. Cummings Papers sous les cotes MS Am 823.7 et MS Am 1892.8.

Table

Composition et mise en pages
Nord Compo à Villeneuve-d'Ascq

Pour plus d'information :
#lisez engagé !
www.lisez.com
Imprimé sur du papier issu de forêts gérées durablement.

Achevé d'imprimer en septembre 2023
par Normandie Roto Impression s.a.s.
61250 Lonrai
Dépôt légal : septembre 2023
Nº d'édition : 66115/01 – Nº d'impression : 2303689
Imprimé en France